詩的真實

台灣現代詩與文學散論

陳謙 著

【推薦序 I】

我詩故我在／以文字證明的複選題

方　群

　　時間的浪潮不停的加速前進，昔日的少年如今或已遠走他鄉、銷聲匿跡；或已改弦易轍、另闢戰場。然而那些曾經狂野吶喊的青春，卻依然迴盪耳際，在那個曾經輝煌的年代……。

　　從輩分來看，陳謙和我都是五年級的同學，同樣以寫詩起家，也同樣從實務走向學術，但始終無法忘情與創作。比較幸運的是，我在理想與現實間委曲求全，一路半工半讀的拿到學位，也早些披上學術的大衣。不過陳謙選擇更多的現實歷練，在編輯出版，在策劃行銷，他早已創建一番值得尊崇的功績，然而後來卻重回學術的試煉，鍛鍊另一番的銅筋鐵骨。如今他已順利取得博士學位，但在學位論文之外，他也是同樣的堅持，這本《詩的真實——台灣現代詩與文學散論》是他個人的第十三本專著，也是他近年來最具代表的詩文評論，如此的著作等身，自是學術與實務結合的典範。

　　《詩的真實——台灣現代詩與文學散論》共分三卷：「卷一：台灣現代詩讀介」收錄：顧蕙倩、白家華、莫渝、古繼堂、鄧秋彥、江自得、陳晨、張芳慈、葉紅、方群、向明、顏艾琳、黃恆秋、李渡愁、苦苓、江淑敏、小南方、陳皓等各種類型作家的詩集、詩作、詩選、詩史，其中多為對本土作品的探析，涉及作家包含老中青三代，尤其是一些非主流的聲音，更是他所關注的對象，由此更可見

其迴異於世俗的眼光。「卷二：台灣當代小說讀介」則收錄：羅位育、李浪、雪晔、凌明玉、溫毓詩、范俊逸等人的小說創作評述，這樣的多向延伸，也可以看出陳謙有心開展另一條康莊大道的意圖。至於「卷三：台灣文學散論」是以訪談及序跋為主，包括：林亨泰、白家華、陳若曦、羅任玲、顏艾琳、吳鈞堯、范俊逸等，都是陳謙關注的對象，而這些訪談序跋的集結，也正是陳謙近年來努力懇拓的另一方田園，如今總為一卷，更能一瞥勤勉之功。最後，作者於書末附上「陳謙作品相關評論、書介索引」及「文學年表」，總為「附錄」一項，這些頗有先見之明的相關資料整理，也可以免除後人四處蒐尋的困難，如此的設想周到，也可謂用心良苦。

　　整體而言，《詩的真實──台灣現代詩與文學散論》的內容，雖以詩為本，但也旁及小說、散文、文學現象等文學場域，其中也蘊藏諸多作者對台灣新詩與現代文學的觀察意見。這本書的寫作從一九九一年開始，跨越世紀直至二〇一〇年，前後二十年的時間，更可以一窺作者堅持的理念與毅力。尤其作者以「序」作為書名，更可以經此明瞭作者對對於整個學習成長歷程的省思與期許：

> 評論的寫作，在我二〇〇二年進入研究所之前，並不是我創作的主軸，但當我書寫它時，藉由文字的理路一路探詢，那種發現與搜尋的快樂更令我雀躍不已。經常我發現，評論的文字和文學創作並無二致，當我面對它時，更是充滿挑戰與艱難，無法令我等閒視之。

　　二十年的歲月，原來就只是這樣的一本初衷，從哪裡來，回到哪裡去，生活應該如此，而文學又豈能例外？

　　於是，在凝視別人的容顏中，卻也不經意的瞥見自己的倒影。走過天南地北，走過春夏秋冬，在無情歲月的時移事往之後，能夠留下的，也許只是那些不願放棄的最初堅持而已。

　　「離開了文學，我們還有什麼力量呢？」

　　我望向遠方，彷彿那裡有道指引的光芒，繼續閃亮……

　　◎方群：本名林于弘，國立台灣師範大學國文所博士，
　　　　　　現任國立台北教育大學語文與創作學系教授。

【推薦序 II】

必然的向度

黃文成

　　直至目前為止，仍然無法對陳謙做一個適切的定義或說法，只因他的身分既多重且專業。就像他擁有豐厚編輯經驗、其新詩創作手法極具巧思，現在的他又展現不凡的學術涵養。多重身分的陳謙，在這本《詩的真實》或能證明及說明他邁向學術進程的歷程切片和軌跡。

　　首先，讓我們意外的是，從創作書寫新詩叩問於文壇的陳謙，對於其他文類的關注與研究，是如此的不同與深刻。如「卷一：現代詩介讀」當以台灣當代現代詩為主要考察對象；「卷二：台灣當代小說介讀」則是羅列觀察了六位小說家作品的成果，集結為一卷；「卷三：文學散論」則以台灣作家的深度訪談為軸線。三卷的內容，不管何種文體的論述或評介，陳謙都做了最適切的導讀與深讀。

　　不論是論述亦或是評介，在陳謙文字語彙之間，他表現出的是一種謙遜的自信感；面對同輩的作品，謙遜得如同面對大師級作品般地虔誠。諸如十多年前的羅位育開始創作小說、羅任玲的新詩，或者是面對後來成為幼獅主編的吳鈞堯文字創作，在當時皆是年輕創作者，卻都被陳謙慧眼識英雄地將其作品加以分析論述；爾後又如顧蕙倩、張芳慈等新一代的創作者步入文壇，亦紛紛被陳謙一筆筆寫下他個人的文學觀察與期待。在某個角度來衡量陳謙的眼光，他像是個文壇新秀的經紀人，總能發現

及關注具有潛力的創作者。或許，這也是陳謙身份多重的一種展現。

的確，這些文友之後的文學道路，有些如江河般地流轉於台灣當代文壇，顯現身手，有些則是隱沒遊戲於文學巷弄間。他所關注對象，不管是在文學江河或是文壇巷弄，陳謙在《詩的真實》一書中，留下二十年來的閱讀經驗與評述成果，此書雖是陳謙私人成果，卻也是台灣文學發展脈絡的切片。《詩的真實》裡的篇什，透露出陳謙與文壇交手來往的對象，並不僅限於五年級生，台灣文學巨擘如陳若曦、林亨泰、莫渝等人他亦是多所接觸，面對台灣文壇脈絡與發展，他不僅僅站在書寫者的角度，甚而是一個觀察者姿態參與台灣文學發展的建構。

除了文學作品的評介與觀察之外，陳謙的學術能力，在《詩的真實》也展現了他的實力與文學觀點，且深具批判性。如古繼堂在《臺灣新詩發展史》一書中，以 「大中國幅射」邏輯觀來看臺灣新詩的發展，陳謙相當不以為然，認為古繼堂有意識地忽視臺灣文學自身獨立發展的可能性與現實性，且直指其古繼堂批判一九四九年之後的臺灣部分作品呈現─「違背文學自身的原則，把詩當作政治工具」，陳謙認為此語更合適於古繼堂的文學觀及其史觀的價值批判。

即便是學術性論述的語言在分析陳謙所關注的文本時，依舊充滿一種創作者的期待與理想性。於是，他開展出對文學的熱情，不僅僅是感性世界的氛圍，更是理性支撐下的文學領域，才能如此精確地閱讀及書寫出個人文字所建構下的世界。這份持續不墜地往文學核心探究動力，是陳謙為書寫者、閱讀者及研究學者所帶來的一種演練與感動。且必然地，我們相信陳謙在書寫多年後，必然地成為一個閱讀、書寫與學術型的全方位文人。只

是這個必然，還得由陳謙很努力地耕耘下去，不管是創作亦或是學術。

◎黃文成，中國文化大學中國文學博士，
現任靜宜大學台灣文學系助理教授。

【自序】

詩的真實

　　詩在一般印象中雖為狹義的文類分野，但廣義的說，詩其實可以泛指一切文學活動，就像亞里斯多德的《詩學》，其實討論的對象不僅僅止於詩，更多的是文學研究與藝術方法的通論。因此書籍署名為《詩的真實》，內容雖大多關注於詩，且也及於當代小說、散文、文學現象等文學場域。

　　《詩的真實》是我所出版的第十三本專書，算是我在碩博士論文之外，第一本文學評論集，說是文評集，倒不如稱它是我對台灣新詩與現代文學的觀察意見或報告更為貼切。

　　卷一自是台灣的現代詩出發，以審視文本內容為核心的書評或作家作品介紹，他們多半基於主知與抒情的精神性出發，文本觀點多從文學社會與文學現象考掘；卷二是台灣小說讀介，雖多為邀稿之作，卻是我對台灣小說觀察的閱讀學習心得；卷三為文學散論，從文藝現象到作家訪談記錄以及散文書評的撰寫皆在收錄之列。

　　評論的發表或寫作多少記述了我對文學議題或心目中的台灣文學取是捨非的諸多偏見，而這些偏見，正逐步成為我內裡揮之不去的視野與堅持。

　　收錄在本書的第一篇的書評文始於一九九一年，題目為〈戀我土地、歌我生命〉讀介《寂寞的密度》一書，巧合的是它與筆者二〇〇三年於苗栗縣文化局發表的〈詩的真實〉學術論文，同為討論黃恒秋先生的作品，十二年過去，足見筆者的本土視野與觀察，十多年來偏見更趨於頑瞑而成型。

　　黃恆秋是我對本土視野開展的啟蒙者，很高興他賜給我一雙觀照台灣的眼睛，並感懷他的引領。書名取自我第一篇論文的篇名，自有其紀念意義。

　　評論的寫作，在我二〇〇二年進入研究所之前，並不是我創作的主軸，但當我書寫它時，藉由文字的理路一路探詢，那種發現與搜尋的快樂更令我雀躍不已。經常我發現，評論的文字和文學創作並無二致，當我面對它時，更是充滿挑戰與艱難，無法令我等閒視之。

　　二十年來才集結這一本評論小書，足見我的散漫與疏懶，但可欣慰的是，字裡行間所揭示的真誠話語始終如一。「真實」是趨於至善至美的首要要求罷。仍願自己一本初衷，就像自己歷經文學歲月的洗禮，自青澀而炫麗終歸於樸實的生活樣貌。

　　原來，我們所追尋的，在一開始出發的同時，已然成竹在胸，雖幾經迷惑，迷航……而迷途。

＊陳謙　二〇一〇年春初寫於
中原大學設計學院信樓 109 室

目次

【推薦序 I】我詩故我在／以文字證明的複選題／方　群 i

【推薦序 II】必然的向度／黃文成 v

【自序】詩的真實 ix

卷一　台灣現代詩讀介

永遠，是現在加一點時間──讀顧蕙倩詩集《時差》 3

〈記憶〉的底層──讀白家華的詩 9

《水鏡》無紋──莫渝詩選讀介 11

一廂情願的大中國情懷──讀古繼堂《台灣新詩發展史》 15

不只感情用事──鄧秋彥詩作試析 18

不吐仍快的痰──讀江自得的一首詩 22

巡弋的詩行──讀陳晨的二首詩 24

自覺的蠟燭，它喊痛……──讀介白家華詩集《蟬與曇花》 28

浮木與玫瑰──張芳慈《越軌》的情感取向 33

起舞的撒旦──葉紅詩作的女性思考 38

探看方群〈文明併發症〉的控訴意圖 43

晚節漸於詩律細——讀向明詩集《水的回想》 45

這個天秤座的女人——讀顏艾琳詩集《抽象的地圖》 48

敦厚溫柔的詩情——讀莫渝散文詩〈情願讓雨淋著〉 51

從二隻「斷尾」的爬蟲談起——詩的象徵與再生 53

欲望她有一對，蝴蝶的翅膀——讀葉紅身體詩〈花〉 56

戀我土地、歌我生命——讀黃恆秋詩集「寂寞的密度」 59

無限春風吹不開——讀李渡愁詩文集《爾時相忘》 62

詩是情懷的蔓延——序苦苓情詩選《夏日最後的玫瑰》 64

三月有一張濕淋的臉——序江淑敏的詩集 66

因為最痛，因此最美——小南方詩集《請問玫瑰》評介 68

旅行的鐘——顧蕙倩《傾斜／人間的喜劇》評介 70

寂寞微微——陳皓詩集《在那裡遇見寂寞》讀介 74

卷二　台灣當代小說讀介

欲望與真實的角力——羅位育文字風格初探 87

乳房萬歲——讀介李浪小說集《無印良品》 90

自由的詩魂——雪眸《悲劇台灣》讀後 93

曖昧人間，欲望的虛實——凌明玉小說〈複印〉初探 96

磷粉剝落的過程——讀溫毓詩小說集《葉蝶面具》 99

愛，別離——《河岸月光》裡聆聽范俊逸 102

卷三　台灣文學散論

小衆喧嘩的年代──文學的大衆與小衆 107

現代詩與文學教育──訪林亨泰 113

詩永不死──訪林亨泰 117

群樹的呼吸──訪白家華 128

尋根向東方，追尋若曦風──訪陳若曦 131

讓想像飛出牢籠──訪羅任玲 136

我所認識的□□□
　　──序顏艾琳吳鈞堯散文集《跟你同一國》 139

他舔著你的傷口，安慰你的靈魂
　　──序范俊逸散文集《樂來樂感動》 141

島外的島──吳鈞堯素描 144

繁花與盛果──華成版「當代散文家」編輯前言 147

邊地發聲──華成「當代散文家」出版緣起 148

附錄

陳謙作品相關評論、書介索引 151

陳謙文學年表 155

卷一

台灣現代詩讀介

永遠，是現在加一點時間
——讀顧蕙倩詩集《時差》

生活的庸庸碌碌看來繁瑣，又這麼無可避免的橫在眼前，對於現實除了勇於面對之外，還要學會偶一抽離，保持一己的完整性。文學創作裡那虛構的真實世界，無疑填補了這個重要的位置。

在社會角色的扮演上，顧蕙倩是一名稱職的高中教師，且在升學為主的名校氛圍下克盡職責，辛苦可見一斑。但私底下，顧蕙倩善感且多情，只是多情者終究為情所困，從過往出版的作品看來，那些來自周遭的人情花絮看似不曾間斷過，所幸顧蕙倩找到文字的出口作為吐露的管道，當生活的想像與遭際一一化作文字的陳述，身心才得以安然的存續下去。生活在文字裡因為誠實的還原，身心是以無缺而完整。顧蕙倩的多情，顯現在〈儀式〉中字字的省思：

就要對你告別
笑容埋葬在
曾經共遊的小野菊田

還在等你嗎
此刻的我
樓梯口　熟悉的回眸
一雙又圓又黑的逗號
躲藏著我們未完的
華麗圓舞曲

3

　　曾經日夜含苞的小野菊

　　期待盛放的多情花蕊

　　此刻，埋葬了自己

　　埋在過去

　　書寫者尚猶豫於自己的等待，遲疑自己應否離開，像是一首未能完成的圓舞曲，最後期待終是落空。在愛情的國度裡，兩情相悅才是相處之道，詩人自己的一廂情願，多源於豐富的想像，當現實與想像短兵相接，感情的世界之所以無法言傳，其實表露出詩人文字能力上的欠缺，因此曖昧的經常是思想，文字只是外顯的符號，用以表達內心感悟而已。顧蕙倩早期在詩散文合集的《傾斜／人間的喜劇》裡多的是思想上的晦澀，至令產生文字明朗，主題卻令人百思不解的乖離情況。顧蕙倩的多情，也顯現在日常交誼之中，「寂寞　好長好長／黑咖啡　你的舊習慣／一杯一杯／需要愛的甜度與奶香」副題贈予一位青年詩人，字裡行間濃烈的關愛常令人與人的關係尺度因而模糊，彼此身份同時消融，讀者還可將其誤讀為給情人的一首詩呢。但詳細想來，這是詩人的天性使然，一種情感的湧動，用在實際的人際極為可議，諷刺的是卻能造就文學創作的同理心。

　　詩人在自序中提及：「寫詩過程就是一段段山行的路。」可見其上一個階段文字的迷惘仍舊處於「見山不是山」的表象狀態，但也因為作者的迷惘，我們才有詩，作者感情的困境，竟然成為沈靜而可回味的詩篇。所幸這本《時差》，終於將時間調到親炙的生活現場，場景歷歷在目，對象的傾訴也終於明朗且健康，曖昧晦壞的特質不再，同樣襲來的是作者不變的多情，〈收藏的角落〉字裡行間不時洋溢著幸福的感受：

一起讀詩的日子，於是
時間是一句一句
微笑的意象
不斷孳生的記憶是
一句句
詩

一起看海的日子
於是
沿著海角我們放心
撿拾迎面而來的
幸福，因為曾經
一起，曾經在靈魂的渡口

各自流浪的日子
一起讓蒼白的牆壁，開始有了
愛情的容顏

這兒有了收藏的角落
不必再流浪
不必再
離了航

流浪的愛情至此終於可將自己的身心收藏，不再漂泊無依。「心」是顧蕙倩最飄移不定的情緒動向，因為有愛，再也不必刻意迷航，牆壁的蒼白沾染了愛情的七彩，愛情不是生命的全部，但卻成為最值得疼惜的角落。

　　唯情是岸，有情是詩人作品的純淨特質，詩人豐富的情感在親情書寫上自然也未缺席，在〈後視鏡〉裡，寫到對孩子的期待與擔憂，正能體現身份距離上適切的觀照，第三節中寫道：

> 一路冷風拉著樹梢向黑暗大步靠近，
> 握緊的方向盤
> 過山過橋一路顛躓，
> 只為陪伴，只是陪伴
>
> 微微起伏是你，均勻的鼻息
> 青髭隱隱在霧中顫抖
> 是霧，可以穿透你，穿越
> 高高的牆，帶你在人間漫步
> 無法一直牽著你，孩子
> 我只能專心注視前方
> 突然來臨的可能狀況
> 一路前行，小心翼翼
> 判讀迷宮城市裡
> 詭譎
> 多變
> 號誌和速限
>
> 我的大手曾是你
>
> 小手的掌紋
> 牽著你一路前行
> 你的掌紋一一蔓延包圍

> 我的城市，儼然是
> 另一座新興城市的地圖

在小孩與作者的對比下，期待的終究是「兩座城市的黎明」，小孩是作者的一塊心頭肉，但其終究會長大，有一天他有自己的生活圈，母親只能在背後默默支持著他，生命畢竟還是得由自己負責，縱有不捨也是徒然。這部分詩人倒是可以推開感情的湧浪，能以理性介入詩篇，在整本詩集中誠屬少見。

　　聽聞風向星座的她對羽球情有獨鍾，當白色小球逆風飛行，不疾不徐的懸浮在場館上空，她總是可以自如地引拍擊球，並將羽球的落點精確的設定，讓夢想達陣。感性浪漫如她，運動成為她新陳代謝後理智的追索，用以平衡她多情而敏感的心。球技是訓練，文學是藝術當然也是技術，用理性介入詩篇，顧蕙倩不是不能，而是不多嘗試，這是未來顧蕙倩可以觸碰的瀏覽的風景。

　　顧蕙倩說：「太多人事的羈絆令世界混沌不明，接近自然，才能還原自己，還原一首首純粹的詩罷。」在清濁之間，其實是詩人自己攪亂那一池春水，想把詩寫好，對顧蕙倩而言已不是問題，問題是怎樣在作品中追尋到自己的去向，文本在經過作家的琢磨下，常常是問題解決的藥方，但必須體認的，是別把生路走成死胡同，作品是作家的密碼，樂觀的人可以從縫隙中看見陽光，悲觀的寫作者常身陷泥沼而不自知，所幸顧蕙倩成為前者，雖然她因充電的理由遠遊他鄉，完全忽略身邊的幸福，但今日來看她的詩，不羈依舊，但總是少了之前的一番瀟灑，也許幸福她已握在手中，就算動身飛翔，也總有那麼一線牽掛，牽掛那纏繞著她，期待她歸返回家的地平線，〈時差〉中顧蕙倩寫著：

7

又要去哪裡旅行了呢？
我們的時差總是從飛行開始
你是地平線
而我是
巴黎的自由鐘聲

……………………………
……………………………

牽著你的手，永遠
永遠沒有
時差

詩人自喻為自由的鐘聲，喜歡不受拘束的自由，這是性情之真的詩人內在最為缺乏的安全感，因為不安所以飛行，因為不安感情才易於游移，因為不安才寄情文字。詩人在萬里追尋之後，終於牽著幸福的手，至此，沒有時差，在愛的面前俯首稱臣，或許這是顧蕙倩對於「永遠」最好的註解罷。把握當下的幸福，且能持續地為幸福多加一點時間……嗯，再加一點。

＊原載：顧蕙倩詩集《時差》，二〇一〇年元月
秀威資訊出版，頁 6-13。

〈記憶〉的底層
——讀白家華的詩

　　童年的成長經驗，似乎是人一生中，影響人格特質行為最顯著的階段。而詩人在創作中逆向迴遊，當他將記憶的觸角延伸至少年時代的空間時，呈現的往往不外家庭與該時空環境的一種對抗，最能讓詩人留下深刻的印象。

　　一九六三年生的青年詩人白家華，畢業於逢甲大學企管系，這種背景令他有別於多數的「學院派詩人」。他能從斯土出發，不說天馬行空般的夢囈，不發文字瑰麗的春夢，能以紮實的草根性，經營其文學的志業。

　　學院出身的青年詩人，由於環境單純，理想的浪漫色彩多過社會周遭的糾葛暗流，很多人踏出校園，了不起再進入國軍體制的氛圍下，再寫他個二年所謂的詩。但一旦涉入每日身處的實際生活運作，多半已迷惑於湧動的人潮裡，了無詩意，更別提寫詩、讀詩了。

　　所以此時寫詩，浪漫的遺緒並不多見，而更多體現的，是對於事我、物我間的雙向觀照，而在記憶深處，在詩人字句的利刃往往直陳社會樣貌的同時，偶一在靜夜中沈澱下來，那彷彿如記憶深處的懸想，就是生命裡，最真的最初了。

　　　　老家的房子捱過一場颱風雨／屋外散落著後山的樹葉和破
　　　　碎的瓦片／屋內盛接漏水的臉盆叮噹作響／父親在屋後喊
　　　　大哥快過去幫忙／弟弟坐在陰暗的牆角發呆／妹妹對著一

根蠟燭玩手影的遊戲／母親走過我們面前擋住光線／掐起缸底最後的幾碗白米／從半截煙囪升起炊煙／我望著愈下愈薄的雲層正在擔心／極其懊惱一隻逆光的飛蛾／在我身旁撲撞潮溼的窗玻璃／當雷電不再摑打大地／我打傘出門／走在颱風橘紅色的天空下／沿途有潮聲從反光的海面傳來／我尋找午後遺失的一隻鞋／沿著沙灘寄居蟹匿跡的黃昏向前走／嘴角有飯後的餘甜／一直向前走／始終沒再發現那隻鞋／終於在夜色中迷路／那晚指引我回家的月色特別亮／特別亮／在颱風過後迷路的那個夜晚

幾近白描的手法，徐徐道出該時空的天光雲影，有人物的演出，有天氣的轉折暗喻時間無情的流變，更巧妙的是，白詩以鞋為喻，把整首作品一筆拓入滄茫的颱風過後的夜晚。

生活無非就是這樣的，因為沒有一種東西能夠留住永恆，不管悲鬱的美麗的，都將隨歲月逝去，在人世中沈陷。而在文字的記載下，惟「記憶」猶新。

＊原載：一九九七年七月五日世界論壇報新詩天地

10

《水鏡》無紋

——莫渝詩選讀介

在詩與純文學愈趨分眾的今日，能品讀與鑑賞且當成恆久持續興趣的人，實在有限。詩在這個世代彷彿孤蟬哀鳴，在高高枝頭上發出它獨特的聲音……

一

《水鏡》是詩人莫渝的第五部詩集，一九九五年八月笠詩社初版，也是其第一本詩選。短短的九十六頁篇幅裡，以三十八首華語詩為主體呈現，配合日文、英文甚至法文、韓文的翻譯版本溶為一爐，使其更具豐富的國際視野，是一項不多見的編輯體例，對於小眾文化的詩文學交流，相信有其一定程度的影響。

詩人出生於一九四八年，若以他收錄在《水鏡》作品中的第一首作品寫作年代而言，時年作者正值青年時期，而莫渝自十七歲提筆續而有作品發表，距這本詩選最早的〈歌之奈何〉發表時間約略有三年光景，一九七〇年代台灣經濟正值起飛的階段，但在學術上卻正風靡學人大批大批的赴美深造，也有一大群人就真的帶著「一把牙刷」踏出國門，加上文化界當時存在主義的蒼涼悲鬱唁嚙著諸多文學種籽的心靈，也難怪乎莫渝在文學初涉的道路上，呈現出那麼多彷彿人生踏遍深覺無力的滄桑，〈歌之奈何〉中，莫渝寫道：「在踢踏與飛揚的日子／我是一粒不被陽光照顧的微塵／固執於必然的莫可奈何」；「今夜，我交出歌喉／緊接著，仍將歌給明日／唉！明日／怎會隔著幾十哩寬的黑河？」詩人堅持自己的音調高

歌，引來眾人的白眼，卻仍有堅持地唱下去，堅持唱下去，將希望寄託給明天，但明天呢？是隔著幾十哩寬，伸手不見五指的黑色河域！

在〈黃昏鳥〉一詩裡，有這樣的句子：「不為迷失，而是沒有歸途」，末了，莫渝藉由飛行的意象仍「瞇起眼睛／茫視蜃樓般誘引的前端」；「前端，沒有燈火的／冷冷」

莫渝早期作品語言較為雕琢而緊張，且有生澀模仿的刻痕。「腦殼裏／沒有懷念的拒絕滋生任何一朵曇花」〈路〉；「破碎的鄉音是無渡口的風河」〈鄉音〉，其間的懷念的拒絕滋生到一朵曇花的轉折尤為生硬，而「風河」又該做何解釋呢？雖然我們可以體會整句話的意圖。而大體說來，其語言在本質上是抒情而淳靜的。這點，足可掩蓋其語言在初始時期的缺失。

莫渝是當代法國文學用功甚深的翻譯家，在志文版的環境影響及時代思潮上的流行：七〇年代初期「現代主義興起，卡繆像一陣旋風連同沙特的存在主義席捲本省，整個文壇蔚為風尚，似乎每個人均被籠罩住了。再隨著社會形態的改變，人生際遇的無常，西方文學特有的 ennui 厭煩、厭倦、倦怠……等，也就像流行病一樣讓人不及迴避。在這種情況下，我的一部分詩作，感染了類似『異鄉人』的心態……」

二

收錄在一九九〇年出版的《浮雲集》中，莫渝將其對父親的感念輯為一個單元計有七首詩作。在一九九五年的《水鏡》裡就再次選入達四首作品，可見詩人對其親情的關注至深。時年詩人三十四歲。其間尤以〈腳踏車〉一詩，表現了含蓄溫厚的感染力，借物喻情令人動容：

那部破舊腳踏車／父親，自您走後／依然擺在簷下您曾經提過：／寒冬踩腳踏車好吃力／希望換摩托車／繼而想想，又得花一筆錢／還是讓腳踏車的生鏽鏈條／依舊演唱／讓破車心疼如絞

我們顧不了風雨的侵襲／只因為／不忍挪開門前的唯一擺飾／不忍挪開對您的記憶

　　緣起緣滅的世間，任何表象的美感都有其極致。時間是最大的贏家，在和時間賽跑的分秒裡，惟記憶可以永恆，也惟有敦厚與溫情教人寬心。莫渝的語言，正有如此的特質。且一路貫串而下。

　　莫渝出生於元月二十四日，照西洋曆法看來，莫渝的星座位置就月亮及太陽而論，皆位於知性的水瓶座，是相當理性的個性組合。就《水鏡》來說，詩人寫情詩，亦書寫得相當保持觀照的距離，絕無濫情之詞句。導情入理進而情景相溶，語言更為準確而可感：「遠遠望去，是一彎／纏繞大地的柔順手臂／到眼前攤成／一條頸項的溫暖圍巾」〈河，溫情旖旎地出現〉；「今夜，我們紮營在此／加入寂寞草原的行列／用相許的眸光，護守／美麗的城堡」〈今夜，我們紮營在此〉。

三

　　在詩與純文學愈趨分眾的今日，能品讀與鑑賞且當成恆久的持續興趣的人實在有限。詩在這個世代彷彿孤蟬哀鳴，在高高枝頭上發出它獨特的聲音。莫渝先生曾自比「彷彿寂寞的蠹魚，遊走發黃的書頁。」儘管書頁泛黃了，儘管詩是寂寞密度下的靈光閃現，儘管現代詩運動迄今數十寒暑，仍被當成「金童寫給玉女看」的所謂

「精緻文學」。但你我相信，只要對於生活不致麻木，只要至純至真至美至善的心靈不死，有一天，詩會成為一隻鳥，為群眾放懷謳歌的。而在這之前，總要先有一畝如鏡的水面，在鑑照清楚自己以後，重新再做衝刺。

（註）莫渝詩集《水鏡》，一九九五年八月笠詩社初版，
　　　一九九八年五月河童出版社修訂再版

＊原載：一九九六年十一月十八日台灣新聞報西子灣副刊

一廂情願的大中國情懷
——讀古繼堂《台灣新詩發展史》

古繼堂先生，一九三六年生於河南省修武縣。現任中國科學院文學研究所副研究員，台港文學研究室副主任。

古先生於七〇年代開始研究台灣文學，已出版有關台灣文學之著作達十餘種。這部《台灣新詩發展史》便為其著述之一。

大陸元老級詩人艾青在台灣版序言提及：「古繼堂先生所寫的《台灣詩歌詩發展史》，目前在海峽兩岸還是第一部。」又說：「數十年海峽兩岸的隔絕和封閉，使我們民族的詩脈斷流。如今，海峽解凍，兩岸詩人渴望著互相了解和借鑑。古繼堂先生的這部作品，定會成為互相溝通的一座橋樑。」

的確，新詩自五四白話文學運動起迄今，也有七十多年的歷史，是該有人為這個成長階段著書立論，整理出一條清晰的脈絡。一方面肯定前行代詩人作品卓越的成績與迷障；一方面也讓我們能用以最最冷靜的態度，在檢視詩人乃至於詩刊、詩社的挫折或貢獻的同時，對往後的路向有更明確的選擇。

而這本《台灣新詩發展史》，無疑是對於文學史上做了某種程度的釐清與導向。他站在歷史觀的位置上提出質疑：證明了現代派在台灣是第二次的回潮，而非紀弦首創。早在一九三五年台灣省籍詩人楊熾昌便組織「風車詩社」，發行了《風車詩刊》。又說：「台灣從日本舶來的現代派和大陸李金髮、戴望舒從法國舶來的現代派是同一來源，不過一個是從產地批發，一個從日本轉手引進罷了。」

　　就導向方面來看，他說明了八十年代以後的詩歌發展，將呈現一種「自由發展的多元化局面」。其實，早在七〇年代鄉土文學論戰時候，便有這種百花齊放，百鳥齊鳴的徵候，不過是到了八十年代更加明顯而已。他也大膽假設：未來詩壇的走向將是以「現實主義的創作意識和現代派青現手法在一定程度上的結合」遺憾的是，並未例舉出相關趨向以為旁證。諸如此類的敗筆在書中頻頻出現。遍觀所有「典型的詩人」，大都憑其主觀臆測，經過一番吹捧之後。也許作者要顧及其立論的客觀性吧，便在結尾用抽象又極其概念的語言刻意顯現作品之不足。如評許達然的作品時說：「不足的是，有時詩顯得乾枯。」又如評高準作品：常「激情有餘，但熔鑄和冶煉不足。」但到底哪兒「乾枯」，哪裡「激情有餘……熔鑄和冶煉不足」又說不出個所以然。

　　然而全書問題最大的，在於其強行附會的大中國情懷的幅射，其字詞污染危害，有如「工農兵」文藝政策的雙胞胎，不是歌頌「祖國」如何如何偉大，就是我們如何如何愛戀彼岸的萬水千山。如余光中的〈鄉愁〉、高準的〈祖國萬歲交響曲〉、〈念故鄉〉、蔣勳的〈給故鄉〉、吳晟的〈晨讀〉、非馬的〈醉漢〉、文曉村的〈海棠紅〉、〈給南美的明秋水〉……諸此種種佔了書上絕大部分的篇幅，也為此書凸顯了最大的缺失。

　　也許因為當地的學術環境所限，才在作品內容上有這樣的安排。但一部「文學史」的著作，它該是對海峽兩岸乃至於全世界的華文體系，更誇張點，是對全世界的文壇負責。如果它存在著為某種「政治」服務的態度，那不正是古繼堂先生在書上曾提到的：「違背了文學自身的原則，把詩當作政治工具。」還口口聲聲否定一九四九年以降，台灣的「反共八股」之類的作品？

在肯定笠詩社成就時他曾指出，該社是以「台灣歷史的地理的與現實的背景出發的……。」還指出，一、鄉土精神的維護。二、新即物主義的探求。三、現實和人生的批判，是笠詩社的主要特色。在論及台灣新詩的發展特點時，有一條名為台灣新詩斷層期裡他明白寫著：「廣大的台灣作家克服種種困難，重新學習祖國語言文字……表現出台灣愛國作家對祖國母親的深厚感情。」其指涉的「祖國母親」，可想而知是相對於台灣島的大陸。但請讀者心平靜氣地欣賞書上例舉的桓夫先生作品（信鴿）的最後幾句：

> 一直到不義的軍閥投降
> 我回到了，祖國
> 我才想起
> 我底死，我忘記帶了回來……

而這裡的「祖國」，恐怕與古先生的「祖國母親」，存在著相當程度的歧異。而那分「深厚感情」我們可以相信，相信他是寄託於我們足下，這片生我育我的美麗的島嶼。

註：《台灣新詩發展史》一九八九年七月文史哲出版社初版。

＊原載：一九九一年二月九日《台灣時報》台時副刊

不只感情用事
──鄧秋彥詩作試析

社會環境而言，很明顯的，非主流媒介之文字傳播者，首要面對的課題，便是寫作時孤獨及掌聲甚且噓聲的稀稀落落。

於是「停筆思考」的不知凡幾，把詩寫在生活上的也大有人在，當然也有趨附流俗，在輕薄短小的流行篇章裡，找尋經濟上援奧和些許精神上的虛榮。

文壇上初露鋒芒的新星，當他們得到回饋無法達到預期中的想望，常常就因意志的屈服而成為閃現天際的流星了。

所幸任何一個世代，多少都有些許以理想自許的「文化憨子」。除了在字裡行間尋求一己立意之所在，懷抱若干文化使命感，更能不計較理想與現實的距離。

出生於一九六六年，即戰後第四代的青年詩人鄧秋彥，其成長背景是個經濟直線攀升，卻又令人深覺人文素質萎靡的七、八〇年代，人們一味追求富足的同時，不僅漠視人與環境的互動，使之自然失衡，且置身在舊秩序漸趨崩解，新秩序正急待探索建構的政經社會。

在同時都是絕路的時候，也同時具備各種可能。際此，詩人反映其成長的軌跡，謙遜而又真誠地寫下所思所感。

很難想像做為生活記錄的文字，它不在自己身處的時空裡如何生根而發芽。一九四九年以降的台灣詩壇，由於政治氛圍之客觀因素所致，在語言傳達上，流於虛無誨澀。但現代主義暨所謂超現實主義也罷，它們失敗了嗎？恐怕不是三言兩語可言盡的。而

不論功過如何，各種主義的激盪，自會在新一代寫作者身上找到脈絡。

「月下／磨的這柄青銅劍／都笑了」聶政〉；「習慣用塗滿肥皂的臉向浴室的鏡子告解，之後，順手扯下一朵抽搐雲擦乾」〈早晨〉；「士兵在你胸口的動表上紮營／……／您的影子怎麼突然跌倒」〈銅像〉。從這些詩行間，讀者不難發現詩人深受前行代詩人影響至巨，如果有所不同，該是關懷對象間差異，一者為遙遠的鄉愁——中國，而鄧詩所呈現的，則是台灣為場景的現實。

詩由情主導，任何一個詩人都不免是自我抒情的。而男女之間的情愛，自古以來都成為一闋令人感嘆的吟詠，〈荷說〉裡的「你的笑／使每一闋小令都憂悒／於眼底裱成卷軸／心淺淺落款」；〈主蜂〉裡的「北風不停耳邊叨絮／把衣領豎高到足以圍堵自己的悲傷／早已習慣／立在你肩上冷冷的稜線／做一種雪的凝望」。

而詩人也剛過了二十五歲的年紀，在詩思上定不會滿足私愛表達，做為一個時代大環節的群眾，一個具有反省能力的詩人，必須學習在小我中溶入大我的情懷，使其成為客觀的反襯，透過外界諸象的反射，映現在詩人腦海的，是個滿是缺憾，不曾圓滿的世界，也許正如西諺所云：「詩不能拯救世界，但使世界值得拯救。」的初衷吧！

〈車禍目擊〉表達了現代城市人迎對變化速率極快的冷漠環境，一些隱隱的抗議，結尾兩行，他如是說著「我和壓克力招牌無異眾生的表情／仰望一株大廈的成長」，而在〈暗夜〉中，經由對話巧妙的構思，試著在「雙方極欲找出本身媾和的交界」，一種虛無飄渺的情感，在九〇年代年輕人身上更是顯而易見的，所以他又說「或許是一條愛的虛線」，可見詩人面對愛情時之無助徬徨和悵惘，再再掩蓋了愛情所呈現的潤澤，若即若離不確定的感情，構成詩人感傷之基調，愛之發端，情之所由，都在文字裡同你我共感動。

情字為觸媒，勾動著善感且多愁的心緒，但一個具有，歷史認識，文化素質的「完全社會人」，決不願將自我步調就此停歇，他一定具有更大的關懷層面值得他去碰觸，且撫平他的傷痕。

而就物象本質來追索現象的範疇來說，鄧秋彥無疑在形象思維的努力營造下，創造了更多撼人心弦的人世樣像，加上其自我省覺，許多精緻迷人而又蘊含寓意的文字便因應而生，如〈鑰匙〉

> 打造多把鑰匙
> 在固定數字之後
> 再把一切交給鑰匙
>
> 我必須用心切割心室的坪數
> 要習慣用鑰匙敲門
> 然後開門
> （門只認得鑰匙）
> 一整串鑰匙的撞擊聲作崇
> 試圖培養一種金屬的眼神，和金屬的溫柔
> 偶而以體溫測試彼此的愛情
> 並且意識頹廢之必要
>
> 終於有一天我因為
> 重覆做著扭曲的動作
> 而成為一把鑰匙

檢閱〈鑰匙〉這首範例，我們當即窺透詩人面臨生活時刻的觀察與反省，其他如〈靜物畫〉、〈早晨〉也有極為特出的表現。

而必須予以重視的，是鄧秋彥系列對土地，人與歷史的體察和關懷，如：〈舊好茶部落〉「遷徙之後還有遷徙／力大古足跡／為文

明叢生的蔓草湮沒」;〈西拉雅〉的「消失的鹿群,四散的族群/當公廨前的子民只剩下雀鳥/阿立祖,你那壺體又裝的了滄桑/多少心事」;而另一個值得你我注目的,是其表現手法,在現代主義和現實主義間有一定程度的交疊,我們可以以〈石板屋〉為例供讀者參考。

　　獵人的宿願和熊的足跡
　　重疊
　　溪流和少女的歌聲
　　重疊
　　天空和北大武山
　　重疊
　　板岩和生命的厚度
　　重疊
　　所以啊,離開的族人
　　我夜夜搬走你剝落的夢
　　在都市中
　　重疊一座遮風蔽雨的鄉愁

　　透過青年詩人鄧秋彥的努力,正好可提供你我來逐一檢驗這股不斷推湧而出的源頭活水。而我們最為期盼的,並不是鄧秋彥以其豐富的才情,配合其知性理路來做為一顆閃亮,但稍縱即逝的流星,而是寄望他以其篤實,誠懇的筆觸,用以記錄出更多情采斑斕的詩篇。我們深深期許。

　　　　＊原載:一九九五年七月十五日台灣時報台時副刊

不吐仍快的痰

──讀江自得的一首詩

　　詩做為情感理智交集下，最為拔尖的波瀾，大多時候，成為水的一份子，是和群體共生共泳的。同樣，詩人是最為平凡不過的人，不同的是，詩人以文字做為傳媒之彼時，透過字裡行間所隱藏的意涵，帶給人們以欣慰、以省思，唯有此刻，詩的意義於是產生。

　　你也許常常看到人人隨口吐痰，因為習慣，可能只會在心裡暗幹二句，與其擦身而過，很快便忘卻了，或者你老兄那天剛好寡人有疾，也忍不住吐了一口痰，在行道樹或是某一個不被注意的角落，然後再故作斯文地微笑，稍稍整理方才狼狽的窘境，繼續昂首闊步而行。

　　我想做為痰的一份子，一定很不好受吧，人人除之而後快，像個多餘的廢物，奈何你我從小受著黨國的教育長大，思考業已偏頗，如果有足夠的自覺，長大後翻身一變又成為在野人仕，理路上又略傾偏激。哎哎，真是左右為難，好比做人，常常也是如此，順了姑意失嫂意，實在不知如何取捨？

　　江自得是個醫生詩人，對人性的診療必然大有心得。人類是經由經驗法則而不斷演繹出生活規範的奇妙動物，用價值的框框不停地為你我設限，美其名為彼此的安全，保障，但誰知道呢？總有些真摯而單純的美善離我們愈來愈遠。是的，因為世界上有太多圖騰太多偶像了，他們令你我形成知識的一種負擔，一種情感上的錯覺，江自得說：

22

屈原的投江
李白的撈月
貝多芬的苦難歲月

諾貝爾獎的榮耀
歷史偉人的光環
瑪丹娜誘人的胴體

這些意念

啊！就是這些惱人的意念
終日在我胸中積蓄又積蓄

因而積成
一大口
痰

　　但矛盾的是，詩人並未吐之而後快，仍將那口痰積在胸中，是不想破壞市容整潔？還是意識到痰之為痰，有其存而不論之價值呢？

　　這口痰因為並未吐出，使得本文的討論複雜化了。詩也是因為有其歧義的想像，才讓諸君子愛恨交加吧！

　　　　＊原載：二〇〇三年四月十五日笠詩刊二三四期

巡弋的詩行
——讀陳晨的二首詩

一

　　陳晨是笠詩社最年輕一代的新進詩人。所謂「新進」，意謂其視野上的不同。陳晨出生於一九六五年，詩藝興起於嘉義農專文學社團，最難能可貴的，是他在踏出校園之後，仍持續創作不綴。

　　陳晨詩語言的成熟與圓融，成形於九〇年代初期前後，通過唯美的冶煉，陳晨在語言的情采上，煥發出令人無法逼視的光芒，陳晨的處女詩集《黑色森林》，我們可以尋訪到詩人語言的生動活潑，意象精緻而準確地在作品裡湧現。試讀〈那些跡象模糊如你〉，一九八七年的作品：

> 有一種不明飛行物體
>
> 總在我點燃一盞孤燈讀妳時
>
> 才出現
>
> 每次我都會特意傾聽它的降落又飛逝
>
> 然後尋找在我心中留下的痕跡
>
> 幾乎同樣的
>
> 僅能藉遺留下的模糊跡象
>
> 揣測如妳
>
> 以及獲知它又叫做幽浮
>
> 或許這就是所謂的思念吧

照例

隔天我會向全世界發表

然後他們開闢一個專欄

要我敘述所見的整個經過

並描繪遺留下的跡象

那些跡像模糊如妳

我並聲明

妳自外太空悄悄地飛來探訪

只是未竟之餘已被我發覺

即使想留住妳

而留下的也只有

那些模糊跡象

如妳

我們這樣邂逅已有幾世紀了

孤燈下依然守著思念等妳

下次

我必佯裝已睡去

然後靜靜地等待窗口窺視的妳

那時

如妳模糊的跡象

就可以很清楚地讓我瞥見

　　充沛的情感，一路傾瀉而下，著實讓許多整天高舉後現代招牌的詩人們汗顏，在這群「大師」的眼裡，詩往往是一種「姿式」，

一種外在形塑的追求，他們的為藝術而藝術的功夫，碰到了陳晨這樣動人而真摯的聲音，仍是要止不住傾聽的。

這大概就是十多年來，所謂「年度詩選」，莫名其妙只選過陳晨之「少作」的主要原因了。

二

一般論者皆有其心目中所謂「笠詩人印象」，那是除卻如白萩、非馬、林亨泰等人較具前衛實驗的詩作品外，對笠詩人群體努力的抵毀和抹殺。事實上語言的淺白，並不能說即是非詩的散文化語言，相對的，台灣詩壇今日之所以遠離普羅大眾，我們也大可咎於「超現實」詩人或如今「後現代」詩人群語言的摧殘和玩弄。

從此一觀點上出發，我們當可發現，陳晨在語言的自覺上，隱隱暗接傳統笠詩人的精神風貌，再加上陳晨特有的抒情語言，自然而巧妙地連結了知性的語言自覺，以及感性的文字策略。每每借物抒情，不時流露悲憫的同情和反省，再加上陳晨為一執業的獸醫師，動物疾苦的體察，似乎更能牽動其側隱之心。緣於哀樂，感事而發。詩遂成為一股情緒的伏流，藉由陳晨適切的語字框架，賦予全新的形象思維。

做為形象表現的象徵物，陳晨似乎偏好一些「會飛的」鳥類。就連前面提及的「少作」，〈那些跡象模糊如妳〉，也是會飛的不明飛行物。

人類因為有了飛翔的夢想，製造了各式各樣的飛行器，小到風箏，大到太空梭，它們共同的特徵是將夢想落實。而陳晨也將想法落實在字裡行間，「鷹」，似乎正是陳晨挺身面對黑暗醜陋人性的具體形象。

倦了
佇立崖頂

聽風

看雲

呼吸一些蒼涼

沉思之際

一群鴿子腳底滑過

然後全無自主地

往人間紅旗的搖晃處鑽進

甘願為乞食一粒米

把天空縮小了起來

始想起翅翼沾有的晦氣

趕緊甩掉吧

我是鷹

在鳥之上

多了好幾劃

骨氣

三

　　引介陳晨二首作品，並期待台灣上空，這隻鷹能堅持自己的操持，繼續巡弋在福爾摩莎美麗的島嶼，為詩文學積弱不振的本土陣營，傾注一份心力。並讓我們期許台灣的天空，將不再有如陳晨筆下的〈鷹〉，出現一群鴿子，「往人間紅旗的搖晃處鑽進／甘願為乞食一粒米」的台灣文學界而努力，讓真正的台灣文學，在自己的天空下，成為文化教養，生活裡的養份吧。

　　　　＊原載：二○○三年六月十五日笠詩刊二三五期

自覺的蠟燭，它喊痛……
──讀介白家華詩集《蟬與曇花》

　　「燃燒的蠟燭，一半尚不自知地存在著／一半已在虛無之外嘆氣」這是青年詩人白家華的詩句，讀來令人深感震顫。每一個人的生命，誰不像燃燒的蠟燭般，不論任何理由地，都在時間的注視下，一吋一吋地短少，不過有人驚覺，有人麻木罷了。

　　詩人如果與生俱來註定背負著荊棘，那麼一位誠實的創作者，勢必是要大聲嘶喊的。

　　人的困惑在於不確定自我，但當一旦明白之後，有沒有勇氣來表達自己的痛楚，彷彿又是另一道值得驗證的課題。

　　現代詩發展至今最旳盲點，在於語言上的欺惘。詩壇上充斥太多天馬行空、丈二金剛摸不著頭緒的文字垃圾了。也難怪今日讀者諸君離棄詩，因為這條往來於兩端的橋樑，只是多數詩人夢囈似渲染幻化的彩虹，或只是窄窄的獨木橋，專供一些自以為是詩人的動物行走。

　　幸好讀白家華的詩，總算在暗黑的文字天空裡，找到閃爍的星光。在這個聲音紛擾的空間中，有時想想，詩人對語言純淨的執著，及其對題材表現修辭上的著重，都是在這個「敢秀」就能紅的環境下，一種自我堅持的最佳表徵。

　　早在詩人的第一冊詩集《群樹的呼吸》，白家華語言上的平實，追求內在肌裡的意象呈現，已交出了一張不錯的成績單。「我們分手之後／我讓指甲留長了／因為不再牽妳的手／不再耽心／會刮傷到你」、「後來是為了自己／我又將它們修齊了／免得在托著臉想

妳／總是失神／會刮傷自己的臉」（指甲）看似平淡的文字，情感卻隱藏在不急不徐的敘述中，在平實語言的追求外，象徵無疑是白家華手到拈來、託物喻情的著眼所在。尤其白家華習慣與大自然為師，筆下就算有對人世的憤懣，對生命的思索，也多能在自然景物的呈現中，轉化為意志與同情的象徵。

　　詩人新近的一本詩集《蟬與曇花》裡，藉由自然環境物件來彰顯內在的精神原型，逐頁翻讀俯拾皆是，全書六十八首作品，分做四卷，卷一「蟬與曇花」多以自然景物為喻依，委婉陳述出白家華的觀察所見，從題目來瀏覽，我們可舉出〈蟬的自述〉、〈陽光飛鳥〉、〈吊藍植物〉、〈樹葉晚年〉、〈一棵結實纍纍的老樹〉等作品來一窺作品立意的企圖。就像是一顆紮實的種籽，永不放棄一己土地的草根性格。特別在一位原籍貴州納雍，一般稱做外省第二代的白家華身上，尤其可貴。

　　卷二「檸檬花」仍以自然書寫延續的詩的基調，不同的是詠物之對象，從卷一的植物觀察伸展到卷二的自然情景，〈公園黃昏〉、〈偶景〉、〈閑趣〉、〈致地球〉等等之篇章，又大都重覆了卷一的創作型態，個人以為，似乎可合而併為一卷。

　　避開了無病呻吟，浮誇不實的假相，我們當即明瞭詩人從意象出發，經由情境的描述，所帶給你我的啟示與感悟——那是一座緣自然豐厚的園囿，有奇樹鬥艷爭奇，有野花向風中舒展吐蕊，更有無盡的溫情環繞在字句之間。

　　相對於卷一卷二的自然抒寫，卷三似乎多了那麼一些「人」的氣味，〈葬犬〉寫的是埋葬愛犬的悵觸「啊，如果，我們的緣份仍然未盡／千年之後我將以什麼形式存在呢？」；〈少女之死〉則哀悼一位「蘋果般嫩紅的臉龐」之猝逝，而感傷「彷彿一朵初綻的薔薇／不太瞭解人世的滄桑。」在〈蛾屍〉中，一隻隻撲向燈火而死

去的飛蛾散落一地，詩人眼見堆疊的屍體，拼出了「死亡」兩字的意象，更「……拾起其中一枚／彷彿拾起一句無人聽見的遺言／沒有感受到宇宙的深情／祇感受牠們悲壯過後／留下了生命的淒涼」。

詩歌意象的暗示或隱喻，取代了散文式明白的抒發與敘述，使用意象之組合來構築平面文字的證實和說明，意象本身的魅力著實表現其迷人的張力。

意象創造不斷地推陳出新，以情感為核心，將獨創性的符號語言使讀者產生理解和共鳴。培根曾把藝術定義為：人加自然。從形式而言，自然物有其普遍之情感象徵，但一切無非是「人」在感情用事。際此，蛾的際遇，似乎也正迴映著人的無助與悲哀。

對於生命哀愁的影射與思考，白家華企欲將其苦悶藉由意象的象徵來做一開展，這裡我們可以舉出〈日子〉以為參考：

> 一天過去之後
> 被撕下的那張日曆
> 在掌心裏揉得皺皺的
> 那重量輕得不像一天所承擔
> 喜怒哀樂
>
> 手裏這一團日曆紙
> 輕輕一甩
> 就進了紙簍裏
> 仍留著的
> 是一天下來的疲憊

可有一種紙簍

可以隨時掏空，加蓋

容納我們超重的負荷？

撕扯日曆是農業社會特殊的生活習慣，曾聽年歲稍大的長者說過：沒撕日曆，好像一天沒有過完。

雖然今天的年輕人鮮有使用日曆的習性，但詩人仍藉由此一動作命題發揮，陳述生活上疲憊的人際壓力，且是註明「加蓋」的喔，以容納過量的負擔。

到了卷四的篇章，筆者抱著一種期待的心情，心想這一卷的主題，可能延續著白家華第一部詩集卷四戰地的「大愛」遺緒，像「那是，隨時可能消失的地方／隨時可能絕滅的種族／說遠不遠／說近不近的苦難之地，在那裏／烈日焚燒如柴的瘦骨／我們必須細細嗅著／才嗅到靈魂燒焦的氣味」〈索馬利亞〉；或者一如〈將軍〉：「衝鋒陷陣之後／他總是／把贏得的勳章／用來敷貼胸前的傷口」，果然不出所料，滿足我的偏見，如〈恐懼〉寫爭戰；〈日子〉記錄了九〇年代的荒腔走板之音聲；〈塑膠袋〉控訴了人類忽視生態的情況，且預言「人類絕滅之後／地球上／到處可見」。同時，令我想起詩人許悔之也曾寫道：「根據密報／這個城市的下水道／的確積塞了／過多的保險套／和鼠屍。」（以上見《許悔之詩集，陽光蜂房──聖者的快感》）。

每一位詩人都有其服膺的信仰，對白家華而言，他是那種燃燒自己，又會真實喊痛的人。原本這項特質不足為奇，但當下的這個世界，人們多以逃避來面對問題，久而久之，人人麻木不已，隨著聲光媒介的日趨庸俗化，人類的思考陷於感官，再不會去思索表象之內的問題所在了。

　　文學思潮經常無可避免地與社會共同流匯為一體，當台灣這個「開發中國家」的社會在「現代」都稱不上的同時，卻有人大聲疾呼「後現代狀況來了」，真不清楚，他們搞得清楚還是搞不清楚「狀況」？

　　相較於不知所云令人兩眼昏花所謂的後現代詩，無疑白家華的出現，提供另一種踏實而樸素的文字風貌。當你我用心品讀，自會在興觀群怨的吟哦裡，尋覓出生命的慰藉與方向。

　　（註）蟬與曇花，一九九六年四月，鴻泰圖書公司初版

　　＊原載：一九九六年十二月二十九日台灣新聞報西子灣副刊

浮木與玫瑰

——張芳慈《越軌》的情感取向

追索一個詩人的成長、藉由詩集整體的展現，無疑較為完整客觀。詩做為詩人對外界的省思和發言，通過情感理性的兩相協和，總潛藏一股信息，而「意象」做為藝術的原質媒介，更發揮了極大的想像作用。

一九八五年，詩人張芳慈廿二歲，在初試啼聲的情狀下，在在揭露其宿命不安，又有些淡淡喜悅的境地。

「我們與岸與星共同等待／我們用土與石殷殷守候／用手去捧捧不起／點點滴滴的冷冽」〈河上的泡沫〉；而在〈浮木〉篇裡再次提及「當有岸可以停靠的時候——卻遲疑了／穿越河心／穿越了水脈／隨浪前而／才知道／海是我的等待」。

年少情感像飄移不定的浮木，那樣不安而又宿命地向著大海前去。詩人在塑造意像的同時，往往投射一己主觀之情感，並趨使其語言的機能與客觀的外在環境相交相溶。如何導情入理，進而在文字上求取適切的美感距離，該是每一位文學工作者的首要課題。

婉約感性的書寫文字，實際承接了華文語系傳統的抒情脈絡，在張芳慈的早期作品中，宿命不安的主題隱約貫串了許多作品中心。

> 分不清是箏是線
> 如果你是箏
> 我底髮將抽成絲　千縷

如果你是線

我便流連　作你牽扯

假使某天風停了

或者一場雷雨

我們仍無懼墜落

那雙操弄的掌中

透過〈箏與線〉的三段式論證，我們當即明瞭詩人濃厚的宿命色彩；而其殷殷「期待」不安的信息，被動地預設幸福未來的翩臨，像是傳統制約下的手鐐腳銬，束縛個人自由意志，令人在淒美中存有令人嘆息的感慨。〈一隻候鳥飛過〉之首尾二節，有如斯訊息：「由風說起／我底心如季節」、「你是一隻候鳥飛過／我底心如季節　循環」。

而失落與悵惘究竟持續了多少時間？一九八七年在〈虱目魚和玫瑰〉寫道「如果痛也會散人想念／那該是往事卡在心裏的／一根最細的刺／尖尖的它　看不見」而在一九八八年，作者的「老毛病」又再次復發了：

曾經骨折的手腕

天氣一變就酸酸麻麻

這風濕的毛病

不會致命　但痛

是一生的折磨

折磨　它常讓人

想起受傷的原因

最後疼的　不是骨

我感覺　斷掉的情愛
正通過脈搏
一波一波地　被抽起

什麼時候才能痊癒
還是　隨它
一輩子跟著我

　　一九八五到一九八八年，張芳慈不止一次地耽溺在過往的傷痕裡，而不自覺地在詩中自刑自傷。像沈浮在波濤中的浮木，失去了維繫的土壤，只得在滄茫的未知中漂盪。

　　時間使人凋萎，但在時間的無常裡，若能將鏡頭絞出黏膩而又撕扯的情愛，走出宿命的即定格局，誠為另一新穎之開創：

將枯瘦的玫瑰
適合素描

下午的光線虛弱了
下午的花瓣老化了

哀悼這一切的發生
而我們能夠挽留什麼
除了給它安靜地
停在畫面上

這是我的責任
我的疼惜
——詩〈玫瑰〉

　　看似冷酷的文字，其感情其實熾烈，可惜尾節兩句，似嫌蛇足。作者捕捉情境上的靜態畫面，讀者不難體會時間的殘忍，作者的用心。從高峰到低谷，人的情緒也常常是這般的，問題是，面對生命將被吞噬之前，我們有何態度？作者觸角所及，包括寫貧脊非洲大陸的〈第三世界〉（一九八九）；寫蒙塵而黯淡的〈廣島之夜〉（一九九〇）；哀悼健康幼稚園意外的〈那樣的死〉（一九九二），在在說明詩人視野的開闊和企圖。其中，更以〈花市〉的表現尤為突出：

嬌滴滴的各種花
朵朵　綻現
詩人喜歡的鮮豔
禁不住地把手伸過去
托起　豐盈的枝梗

隔日的倦怠的花
依舊　招展著
如黃昏時的霞光
擱放在屋簷下的　殘花
和市場的其他腥臭一樣
人們捏著鼻子　快步走過

全部帶走吧
老闆說　只要十塊錢
人們搖搖頭　毫不考慮

捧在胸前　我感受著
枯萎後仍然存在的溫柔
但　誰都知道啊

到處都有暗藏的

各種花的腐臭

像是女人　被遺棄的

悲哀所散發的氣味

從一個島

到另一個島　流落

流落　便是一種悲哀的

沈淪　無止盡地

　　張芳慈以神龍擺尾之姿，從市場販售的氛圍一筆帶到「從一個島／到另一個島　流落」，結尾一筆拓開，牽動整個思考的空間。然而尾節二行「流落　便是一種悲哀的／沈淪　無止盡地」似乎又出現了說明性的敗筆。

　　六〇年代出生的詩人，在經過八〇年代中期之後的鍛鍊，多能在九〇年代初期展現鋒芒。張芳慈自一九八五至九九二的創作成績，呈現《越軌》一書中，讓你我清楚看見一條時間的刻痕，由浮木的不安和玫瑰的凝鍊，由自我的傷情到深刻的觀照，這樣的理由，就更加叫我們來期待與盼望了。

　　＊原載：一九九六年二月十五日笠詩刊一九一期

起舞的撒旦
──葉紅詩作的女性思考

側重內在情感的描述，常是女詩人詩境上著眼所在。我無意凸顯「女詩人」此一字彙，只是由於主客觀環境影響，衍生其柔順含蓄的潛在個性，像難以掙脫的咒語，隱約左右著她們的生活。

當歷史潮流勇健地邁入九○年代，女性主題的再認識，女權運動振臂而高呼，在在揭示其覺醒的聲息。我們知道，一旦「女性」成為議題被擺上抬面，本身即呈顯男性沙文色彩的岐視，問題是，這也不是個正常的社會，這些不很悅耳的聲音，我們著實需要。

葉紅小姐一九九二以降所發表的作品，我們似乎可以將其思想脈絡逐一串連，做適切的討論。筆者無意為葉紅貼上關乎「女性主義者」的標籤，只想就文本觸角所及，提供讀者些許可供辯證的軌跡。

青年男女面對愛情不免憧憬與幻想。幸福快樂的生活，只存在於童話的未來式，婚姻世界是現在進行式裡滿佈酸澀的甘果，初涉詩文學的葉紅，在一九九二年，寫出了傳統價值下，極具宿命的判斷，詩的意圖在當時沒有絲毫顛覆的意味，有的只是對命運的屈服，且尋求另一種深化，自問：「這是愛的刑罰？」

> 指讓環緊緊圈住
> 再沒空隙
> 指問

　　這是愛的刑罰嗎

　　環　笑而不語

　　指踡曲

　　緊緊的扣住了環

　　套在指上的信物，成為愛的刑罰，婚姻帶來的滿足，同時也是一種人性的束縛。

　　經常，我們都用一半的自己面對世界，另一半則活在夢裡。夢正如同意識的外爍，像遠天一顆高懸的星星，永遠澄明又遙不可及。仍有一絲冀望吧？在半夢半醒之間：

　　我躺在樹蔭下

　　聽蟬伏枝枒上

　　鳴一生的清亮

　　風搖晃一齣齣

　　半醒的夏夢

　　老鷹以影子　愛撫地球

　　小溪粲然　溜滑過山丘

　　夢正裸著

　　陽光急急竄入

　　褪去最后的衣裳

　　夢托住天堂

　　綿綿密密地

　　轉動　轉動

　　啊

　　無數偷窺的眼眸

　　「無數偷窺的眼眸」，彷如偽善的人心，慣用規範來摧折個人的情愫，隨著一九九三年葉紅發表的〈樹蔭下〉，我們當可聆聽；蟬「鳴一生的清亮」，而主敘者樹下發著「半醒的夏夢」，且不時以「愛撫」、「裸著」、「褪去最後的衣裳」等詩句，表達出形體解放的渴想。至若兩性的迷思，作者在〈亞當的門〉一詩，有更精采的演出：

　　　　遇到他的時候
　　　　他帶著一扇
　　　　我從未見過的
　　　　門
　　　　好奇拉著我的手
　　　　穿過墜落的開始
　　　　（撒旦笑了
　　　　以前的世界只剩下一半）

　　以前的世界是天真浪漫的世界。牽手前對幸福的嚮往，牽手後為何成為墜落的開始？在這裡，我們不妨前往巡禮，詩人的〈理想國〉：

　　　　女人還原成骨
　　　　回到胸腔
　　　　男人懷抱著寂寞
　　　　沈入泥土

　　舊約創世紀，有這麼一段故事。書上說神以塵土造人，將生氣吹在他的鼻中，他就成了有靈的活人，叫亞當。神又怕他一個人孤單寂寞，便趁他熟睡中取下一根肋骨，造一個女人。追隨亞當。

　　葉紅詩裡的信息，明白告訴我們。把肋骨歸還男人吧，不再為其附屬；但另方面又憂杞地指出，男人無女人陪伴，終需回復混沌中的一粒塵埃。詩中的矛盾不也反映現存環境，極具關注與調適的現象。

　　相對的世界，是非全取決在人為的判斷。然而絕大多數，發言權仍掌控在父系的權杖中，女性遭遇的不平可想而知，儘管現代社會對女性頗多優渥，但心靈上，每位婦女周遭，總存在有形無形的警察，時時以傳統的面貌，來侗促她們的舉止言行。

　　詩即是夢的浮屠，也該有發抒情緒之意見。「撒旦」被喻為黑暗及邪惡之魔鬼，是不是也像長期制約下，被符號化了的象徵呢？葉紅提出了可貴的質疑：

> 為誘惑
> 撒旦該被棄絕
> 我猛然回頭
> 追趕失去的召喚
> **詩，〈撒旦在轉角處〉節錄**
>
> 在地窖中摸索
> 幾近完美的臉孔
> 就快要捏塑完成
> 拋下黑暗的時刻終於盼到了
> 階梯頂端，倏地瀉下一道亮光
> 映現一張如微曦的面容
> 不十分真切
> 那隻令人悸動的眸……
> 忍不住，我輕喚「使者……！」

神祕的交互感應，他低聲
「是撒旦」
藏起美麗卻未完成的面具
又一次我向幽冥深處陷退。

詩‧〈撒旦的臉孔〉

誰在操縱人的行為模式？誰在破壞人所存有的天真？誰都該戴上面具，去迎對不真實的群體嗎？

詩是跳舞，散文是走路，舞蹈的呈現，無疑是接近詩與美的，而多數時候，不管你認同與否，我們都走在現實的路徑上。文學之於人生，總像夢能提供一股不可抗拒的魅力。

好詩是在激發思考的。詩人透露的信念，模擬生活感受，進而飛行在知感交融的國度，用一種溫柔又銳利的批評，質疑充斥熱情、包袱與無辜的年代，其間隱含自我超越的探險，當想法表諸文字，更確定思考的成立。「撒旦」系列之作品，發表於更貼近今日的一九九四年。

如果我們承認詩像情感的記錄。那麼必先像日記般誠懇地面對自己。詩人的志業不在如何優秀，如何偉大。但你必然不會反對，還原純深美善的本體。至少，在詩篇築的夢土上，那失落的性情，我們找它回來。

＊原載：一九九五年五月十九日台灣時報台時副刊

探看方群〈文明併發症〉的控訴意圖

在口蹄疫情持續蔓延的一九九七年春天，讀著方群的〈文明併發症〉，似乎倍感焦慮和省思。

方群說著：「經過這些年來的驚人科技發展之後，我們享受了空前優渥的物質生活，但甚在此同時，我們卻也必須面對前所未有的危機與病痛。在我們透支了太多的自然資源之後，大自然也從四面八方向我們反撲：南極上空破裂的臭氧層，飽受污染威脅的土地與水源，瀕臨絕種的野生動植物，以及層出不窮的細菌與病毒……」。

際此，在詩人筆下，悲憫的情懷時時湧現，在方群組詩〈文明併發症〉裡，正透露詩人杞憂的信息。

此組詩共分五篇，雖為組詩但卻在題旨上個別獨立，且具有相當程度的控訴意味。〈腦瘤〉說著：

> 起因不明的／智慧型病變，紛紛／進出竄擾／記憶思想戒嚴的鎖碼禁區

> 於是在鈷六十的威力掃蕩後／少數倖存的智慧頭顱／在多種法律的尊重保障下／大膽，預言──／即將來臨的變種新世紀

在思想也是一種罪狀的 K 黨獨大王朝，一些不合時宜的言論都被視為異己，動則剷除或防堵，在嚴格的政治教育箝制下，一直要到一九七九年的美麗島事件之後，才慢慢現出民主的曙光，但群眾的反思能力畢竟未臻成熟；時至一九九七年的今天，雖然民智大開，但愚騃者仍不在少數，這從多次重大選舉的指標上皆可看到。

　　方群在詩語言的經營上，不假雕琢，完全以清晰準確的語言，集中焦點地去描繪事件的情節和佈局，其音韻之流暢，絕不亞於朗誦詩之鏗鏘，而在行與行的轉折上，更有著現代風格的精神樣相，銜接著節奏快速、俐落、且又冰冷的都會語言：

　　某種劇烈的心情震盪之後／突然嚴重喪失／妥協語言真偽的辯證能力

　　也許是某種意外的過度衝擊／茫然中，漸次減弱／抽象思考的多樣探索。

　　於是在右側優勢的習慣逐漸消失之後／我開始用力學習，所謂／左傾行動的思考可能

　　此種語言的機智，來自政治環境的折衝，我們無法去改變什麼的時候，猶如決堤的江河，總是會替自己找尋自由的出口。造反只要有理，革命絕對是可以成立的。

　　民主的社會，群眾有推翻不義政權的權力，越是寡頭的政權，其權力基礎越是岌岌可危。

　　詩人作為社會的良心，自然有控訴不義的天職。詩人藉文明的病症一筆拓開，將格局牽引至政治事件的範疇，其企圖相當可期，自然值得你我用心捧讀。

　　如果說文明的進駐，對我們生活帶來的，是層出不窮、危及生存的種種問題；如果說文明的發皇，是人性的崩解與腐蝕。那麼人類僅存的快樂，只有感官的聲影。呻吟，乃至於交媾過後，稍縱即逝的滿足感受。諸此，是否還能接受呢？朋友，當你我仍是地球的一分子。

　　＊原載：一九九七年七月十九日世界論壇報世界詩葉

晚節漸於詩律細
——讀向明詩集《水的回想》

　　《水的回想》收集了作者——向明七十二年到七十七年元月的作品共七十首。向明一本「既有古風、又有今意」的特殊情報，在生活經驗中汲汲於「詩的礦泉」的挖掘。在「化西」而不「西化」的大原則下，致力於民族詩脈的追求與延續。這見於字裡行間他那溫柔、敦厚的情思，與紮實、明朗的文字。向明先生雖曾為現代派的一員，但其詩作不但沒有陷入文字的魔障，且數十年來追求著清明的、中國的詩風，於五〇年代新詩論戰雖被指名道姓為生澀的一員，但時間證明，這是「擇善」而固執的。

　　《水的回想》一書，作者以冷眼熱心的胸懷，寫出哲理上的思索與辯證。如〈困居〉寫道：「螢光幕上／雷根和戈巴契夫／又在握手了／雖然另一隻／都在緊握著槍枝」；另如〈開燈之後〉：「一隻蟑螂想衝出去／馬上又折了回來／說／外面也在解嚴」。〈困居〉講的是兩大強國的限武談判，但雙方誠意都是有待斟酌的；〈開燈之後〉以一隻生命力最頑強，且愛藏匿暗處的蟑螂，一句俏皮的：「外面也在解嚴」，將全詩帶至高潮結束，讓讀者有參與想像的廣大空間，值得再三玩味。

　　在若干詩篇中，我們可以看到作者以第一人稱的自敘法則，詮釋了生活，也對生活存在著某種程度的抗爭與沉思。如：「於是我的尷尬是／即使腳踏塵土／也得擺出一種／出征的姿勢」——〈鷹的獨白〉；「總以為／只以方寸之地／供我轉身／我的名字就會／從不馴變為／溫順」——〈檻內之獅〉；「我們的名字時常出現／只是，

三兩瘦瘦的／宋體字，膽怯怯的／尾隨在成串發光體的後面」——
〈和音天使〉。〈鷹的獨白〉、〈檻內之獅〉他們都是受限於環境，卻
不甘於現實所束縛的堅毅生命；而〈和音天使〉寫出了人生舞台上，
一種無奈的困頓，不是嗎？常常我們都只是「……幫腔的和音天使
／為一場熱鬧添點顏彩」。

　　向明，本名董平，湖南長沙人，民國十七年生。可以想見詩人
是在民國三十八年前後，隨軍來台的。因為政治制度的不同，使台
海兩岸成為不可跨越的鴻溝，向明先生也像許多前行代詩人一樣，
存在著相當濃郁的「鄉愁」意識：「從五歲活到了五十歲／什麼事
都還想告訴媽媽／記得媽媽的每一句話」——〈懷念媽媽〉；「好耐
讀的一封家書呀／不著一字／握起來不過盈尺／一接就把一顆浮
起的心沉了下去／一接就把四十年睽違的歲月捧住」又說：「能這
樣很快回家就好／海隅雖美，終究是失土的浮根」——〈湘繡被
面〉。這些作品語言看似淺白，卻淡而有味，它訴諸於人類普遍的
感情，具有永恆的藝術價值。

　　七〇年代詩壇，詩人向陽以十行詩自鑄天地，開展出新詩的「新
格律」，為人津津樂道。向明先生不論是否受其影響，在一小部分
作品中，也隱然有形式上的認知與實踐。如〈黃昏八行〉、〈月夜八
行〉、〈山中觀日出〉、〈冬日的樹〉、〈冬日八行〉、〈宿儒之死〉、〈學
飲〉等或八行或六行的作品，其間多為自然景物的詠懷，藉以言其
心志，而其〈午夜聽蛙〉迥異於詩人緣情入理，情景交融的抒情風
格，以修辭上的排比技巧，層層迂迴旁敲側擊：「非吳牛／非蜀犬
／非悶雷／非……」聲韻的圓潤，予人疲勞轟炸的感覺，彷彿另有
新意。

　　作者在詩集的後記中說：「我常對朋友戲言，寫詩寫到我這種
年齡，已經習慣到像極身體上的排泄功能，一有外在的寒暑入侵，

悲喜刺激，自然而然就有汗有淚的流出來，幾乎不用強求。」縱觀〈水的回想〉一書，其「振盪點，振幅所及，大到關心卻又無奈的世事，小至一莖白髮的觸目驚心；遠至半個地球外不可思議的爭戰，近至眉睫邊緣不停的紛紛擾擾。」可以說是天地萬物皆可入詩。這對於已是「耳順」之年的詩人而言，確實是令我們感到訝異與尊崇的。

註：向明詩集《水的回想》九歌出版社初版，
一九八八年元月

＊原載：一九九○年七月文藝月刊二五三期

這個天秤座的女人

──讀顏艾琳詩集《抽象的地圖》

多元社會的九〇年代，人們透過大量的資訊來了解生命亦或創造生活，就因為資訊的方便和充斥，也使得需要嚴肅面對的純文學日趨沒落，尤其詩，長久以來讀者對詩的恐懼仍是存在，依舊以為那是金童唸給玉女聽的貴族文字。

是的，現代詩逾半甲子的發展，的確令人心寒，但對於在詩裡不斷創作和投注大量精神的詩人們，基於他們這種可貴的興趣，是要你我大力鼓掌的。

說起星座，在這個時代，若無法窺知一二，不免未合潮流了。再說顏艾琳，這個在艾琳颱風來襲之夜臨盆的大女孩，無論思想、文字、甚至穿著品味上都可謂當仁不讓。如果說星座是項統計學，那麼天秤座的特性所稱：「遵循禮節的紳士淑女，不會走極端，是不間斷的以保持中庸的分別與均衡為主旨的人。」用在艾琳身上，那可真格格而不入。但這是從她的外在行為上加以判斷的，在《抽象的地圖》裡，我們能否按圖索驥，還原或澄清內在本質呢？

（一）

思念是痛苦的漩渦，

以溫柔的軌道

低唱一首跳針的哀愁；

想你想你想你想你想你想你

想你想你想你想你想你想你

詩〈想你的A面〉

想愛情是一杯

100%的純果汁；

如果

他摻了一滴水

我寧願學習

喝黑咖啡的方法，

不過濾一點溫柔的寬恕。

詩〈愛情飲料〉

固執單純而又濃烈的情感，著實與天秤座情感理智兩相調和的涉世態度相違背。〈想你的A面〉藉由唱片跳針在「想你」該格，來表達重覆而又深摯的情意；〈愛情飲料〉像是一位完美主義者，對愛情心理上無可救藥的佔有慾望或潔癖。

星相上的研討，據說也要觀察其出生時辰來定位其月亮的所在，所謂「太陽」，意及出生日期之太陽進入宮位，產生主要本質上、個性上的影響；「月亮」則是該人感受上、嗜好上的氣質表現，通常透過後天學習而獲取的性格。

艾琳月亮宮位落在「天蠍座」，有「神祕主義」者的傾向，假使成立，應僅就內在心裡層面來加以探索吧，活潑外向的艾琳，是鬼點子令人出奇讚嘆的快嘴和直腸子，蠻坦白的，一點也不神祕。而我們審視其作品，其語言的準確與機智，倒符合射手座的特質。充分表現六○年代以降的台灣青年詩人因著現世擁擠而節奏快速的環境，進而具備的客觀條件。

也因為這個世紀末，近乎邊緣終結與龐大未知來襲的時空，詩人對情愛的詮釋，有著出人意表的探求：

今夜，

我準備用心雕塑一個古典的夢

穿上中世紀的公主服，

故意去尋一隻噴火恐龍，溫柔地請求牠

「擄獲我。」

然後再看那個不怕燒烤的厚臉皮，

竟敢潛入我的夢中

冒充白馬王子，

以拯救他的美夢？

詩〈作夢〉

有些天真浪漫、調皮而又不馴的艾琳，可能把這通篇文章的本文給推翻掉了，星座在她而言真像一則笑話。

話說天有異象其人必異。艾琳這個最不像天秤座的天秤座女人，乘著「艾琳颱風」的暴風半徑下登陸這片長綠之島，也登陸原本流派林立聲音呱噪的台灣詩壇，在文字的舞台上，這滑溜的精靈，近年來以「女性異色詩」令文壇大老及眾讀者們目瞪口呆，且有衛道人士緊張過度，不禁提筆上陣，急於捍衛這位大姑娘的「大女人主義」。

《抽象的地圖》儘管抽象。但它代表著一九八三年迄今，顏艾琳創作上的簡歷與成績，雖說只是十多年來的一小部份，但也因為這樣，我們更加有理由相信，在世紀末來臨之前，她會有更豐碩的果實呈現。

　　　　註：《抽象的地圖》，顏艾琳著，一九九四年六月，

　　　　　　台北縣立文化中心出版。

　　＊原載：一九九七年一月十六日台灣時報台時副刊

50

敦厚溫柔的詩情
——讀莫渝散文詩〈情願讓雨淋著〉

家鄉，該落著溫柔的雨吧！

走在異國沒有騎樓的街道，情願讓雨淋著。一把傘能撐住我多少憂愁？想到異國字典上 Taiwan（FORMOSA）解釋為：西太平洋的島嶼和國家，首都台北；不禁悽悽然。情願讓雨淋著。

走在異國寬敞的林蔭路，情願讓雨淋著。一把傘能代替我多少思念？隔著遙遠遙遠的鄉愁，即使夢裏，猶覺身是客；不禁悽悽然。情願讓雨淋著。

走在異國寧靜整齊的墓園，情願讓雨淋著。一把傘能網住我多少心情？野草正滋長蔓生於無法憑弔追思的墳頭，不禁悽悽然。情願讓雨淋著。

家鄉，該落著溫柔的雨吧！

作者基於詩歌的抒情傳統，執著於情景交落的表現技巧，藉雨來對比環境給予詩人的感受，身處異國因而觸景傷情，而思索著「家鄉，該落著溫柔的雨吧！」而不願撐傘，他質疑自己，說著「一把傘能撐住我多少憂愁？」「一把傘能代表我多少思念？」「一把傘能網住我多少心情」可見得鄉愁的緣起，是詩人對其生長土地的眷戀，因為「即使夢裏，猶覺身是客，不禁悽悽然。」所以他想到「西

太平洋的島嶼和國家」，又看見眼前「野草正滋長蔓生於無法憑弔追思的墳頭」所以——情願讓雨淋著。

　　散文詩的寫作一直有所爭議。而在型式頗多見解的曖昧年代，不妨讓我們放開心胸與視野，因為飽滿的文意、豐富的感情，才是藝術的要件，才能給我們以淨化。

　　如果我們承認詩有其「溫柔敦厚」的教育意味，那麼在型式之前，詩質意蘊的呈現更該是你我當應在意的。

　　〈情願讓雨淋著〉，開闔反覆，深具修辭上的巧思。在「怎麼寫」與「寫什麼」的詩文學範疇裡，樹立了完整卓越的典型。

　　「情願讓雨淋著」，讓「溫柔的雨」輕輕飄落著。

＊原載：一九九三年四月十五日笠詩刊

從二隻「斷尾」的爬蟲談起

——詩的象徵與再生

　　一般論者皆把女詩人定位於感性較強，知性較弱的一環。特別是在一些初學者身上，那種濃郁而酸腐的閨秀氣息確是令人望而怯步的。

　　然而隨著生命的歷練，在環境趨使下，現實與理想，麵包與愛情，都將一一落實在生活的實踐中，這使得詩人不斷地自我反省，有所體悟，而用詩筆寫下了自抒情始，而帶有知性語言的章篇，利玉芳的〈斷尾壁虎〉可做如是觀：

　　　　在窗內

　　　　一次狩獵的時候

　　　　尾巴忽然被我關在黑夜

　　　　在窗外

　　　　當壁上昇起一隻劫後的影子

　　　　良心就投射著一個殘缺的疤痕

　　　　雖然矯捷的爬行

　　　　已解說了它的再生

　　　　如果一顆心

　　　　被我關在窗外

　　　　那麼受傷的愛

　　　　如何再生

「受傷的愛／如何再生」呢？因為「良心就投射著一個殘缺的疤痕」。

從良心的醒覺，到愛將如何再生的疑慮，透過女詩人特有纖細的筆法，我們不難辨別男女詩人在先天差異與後天環境下，構思上的特質。林豐明的〈蜥蜴斷尾〉讓我們做一番重新的審視：

毅然地捨棄尾巴
在一次致命的危險中
因而保住生命的蜥蜴
多年後再度拾回
當年被犧牲的那一部份

並且像未進化的祖先一樣
為了抬高自己
要求他支撐起
絕大部份的體重

雖然不管連接時或是斷離時
都流著與本體同樣的血液
切斷處留下的
不會消失的傷痕
卻因重壓而加深
蜥蜴不了解
曾經斷過的尾巴
從被接回的那一天起
才開始思索
異族的定義

　　創作從生活出發，相信你我都不會反對。但傳統的倫常似乎一種道德的無形的符咒，要求所有的女性不停地奉獻，為家庭、先生、兒女。而相較之下，男性詩人的眼界，自然是較為寬闊的。

　　由此二首作品的內容裡我們可以了解，他們各自象徵意味之不同。〈斷尾壁虎〉以尾巴象徵自己受傷的愛；而〈蜥蜴斷尾〉則用尾巴來思索族群的定義。這說明了二者在觀照層面上的差別。前者較為偏重個人感情的捕捉影射，後者則有其特殊的屬性。而前者再生的意義是存疑的，後者再生的意義卻是肯定的。

　　文學的大植物園裡，並無高下之分，重要的是讀者能否藉由不同表現方法的呈現，去汲取做為自我教養的素質，不論是「自省的」抑或是「外爍的」，相信都為台灣文壇樹立了各別的典型，且期待你我的共鳴。

　　　＊原載：一九九三年六月十五日台灣文藝雙月刊一三七期

欲望她有一對，蝴蝶的翅膀
——讀葉紅身體詩〈花〉

欲望的書寫，恆常不經地透露出人性底層最深沈的哀愁，他們是累月經年，壓抑的願想，亦是長期接受社會宰制下，呼出欲出的沈痾。

透過文字適當的距離，作者隱身其後，一種情緒的耽溺，往往跟隨著藝術這條小舟起航，停駐在你我寬闊的想像裡。

女詩人葉紅的語言樣貌，乍看之下是冷傲的、不馴的。詩對於書寫者而言，無疑是種逃離和淨化，而這種逸出的姿態，十分適切地表達在〈花〉這五節二十三行的短詩，此詩原載一九九八年二月二十日聯合報副刊，詩行首節高唱而入，她說：

> 把欲望交給風是痛苦的
> 像把船委託於激流
> 或把寂寞交予時間去處理

三組相互對應的符碼，欲望之於風，船之於激流，寂寞之於時間，都為了加深痛苦之切膚感受，前面二組把實物的風與船加注情感之色彩，應用對比的技巧使之產生虛實的戲劇衝突，節尾二組抽象的名詞，更加強了痛苦在「時間」和空間裡的「寂寞」型塑。

然而還沒完，第二節一開始，「風」這位受託於慾望的角色出場了，而作者的託附對象——風，又具備怎樣的條件呢？作者顯然是失望的：

> 風是無足的
> 無袖,也無手
> 最主要,沒有溫暖的口器
> 幾億粒花粉,如灑一場雪
> 才出門,就在樹幹前落土

第二節闡述,「溫暖的口器」,是一句主觀語言,因為他已預設「為了不可知的另一朵花/愛上蝴蝶是必然的」而徹底否定風的功能導向。除此,詩人彷彿宣佈其標準答案,藉由一二節風的「無能為力」來引渡她心目中愛上的英雄,主角於焉登場了:

> 為了不知可的另一朵花
> 愛上蝴蝶是必然的
> 毛躁的軟足,貪饞的口器
> 牽扯不休的吸吮與咬嚙
> 花枝因之莫名地顫抖

「為了不可知的另一朵花」乍讀之下似乎有一種繁衍的意圖,而又為什麼愛上蝴蝶,末三句又保留相當寬闊的想像空間,透過「不休的吸吮與咬嚙」,而又喜愛蝴蝶類似求歡時的「毛躁的軟足」和「貪饞的口器」,花枝在此被隱喻為身體的一部份,而那「莫名的顫抖」,想是來自蝴蝶賣力表現,身體興奮全然地回饋吧。

女性詩的寫作,特別是對於身體詩的書寫,近來蔚為書寫的主流,相對於江文瑜作品:「憤怒的玫瑰/下體充血/月經碎塊飛瀉/口出諱/穢言發洩……」的準確與錐心的痛擊,葉紅無疑提供另一種書寫的取樣。典麗辭藻,溫婉的情緻,似乎更能概括女性幽微

的心情。作者自喻為一朵花，而這朵花不但是高傲的，也是自信的，在第四節的敘述裡，她寫道：

> 從未被一朵花
> 這麼糾纏過的那蝴蝶
> 抖一抖牠滿足髭鬚
> 鑽出花心，振振翅
> 向遠處的花海飛去了

作者不但完成自身的滿意的「顫抖」，更進一步的讓蝴蝶也感受前所未有的「滿足」。就敘述的結構而言，本節的語言充滿裝飾性，也嫌蛇足，保留或刪除都看不出對全詩的影響。第五節書寫蝴蝶舉翅後花枝自身的感受，她感覺到：

> 突然減少了什麼重量
> 而花枝感覺無比的輕鬆
> 而殘留的粉蕊上
> 猶有那蝴蝶
> 口涎中異樣清香

原來負擔一點點重量是好的。蝴蝶飛去，花朵彷彿失重，雖自身「無比的輕鬆」，但終究少了些什麼。靈魂的撕扯一直是在欲望與真實間來回擺盪，現實與理想的秋千不斷地迴盪在空氣裡，使得生命裡產生了自以為是缺憾，而這種缺口形成的張力，常常就是文學中不可或缺的衝突。因為有了衝突有了比較，才知道月不圓星不亮，人生常有遺憾，文學正因為填補了心裡的這份不滿的願想，才使得生命更加完整與豐富吧。

＊原載：耕莘青年寫作會訊旦分雙月刊，一九九五年六月

戀我土地、歌我生命
——讀黃恆秋詩集「寂寞的密度」

　　九〇年代詩壇，是一個多元且開放的競技場，容許各種聲音的出現。無論是笠詩社的鄉土寫實傾向；現代派調適後的再出發；抑或是葡萄園的明朗、健康、中國詩風的持續推展，在在都顯現出這是個饒富生氣與活力的年代。

　　近些年來沒有波瀾壯闊的論戰。一方面說明了「現代詩」已通過分娩前的劇痛期；另一方面也顯示了詩壇具有過去所沒有的包容性，呈現出「大植物園主義」的理想已在詩壇中札根且逐步實踐。

　　黃恆秋，本名黃子堯，一九五七年生。一九八一年加盟笠詩社。一九八八年與張國治等人改組「新陸詩刊」為「新陸現代詩誌」。著有詩集《葫蘆的心事》（一九八一）（註三）、《寂寞的密度》（一九八九）、《擔桿人生》（客語詩集一九九〇）。

　　黃恆秋隸屬於笠詩社，笠詩人創作的方向上，大大沖擊和改善台灣詩壇空洞晦澀的詩風，以自己「樸實、踏實、清新」的風格行文，但笠的局限也在新即物主義的過度追求造成語言上的鬆散及散文化之情形。

　　而詩學的特質繫於形象，詩質為文心所在，更著重於「意象」的經營。在黃恆秋的詩作中可以發現，其意像的捕捉與選擇尤為鮮明集中，場景的轉換更為自然靈活，極少出現晦澀曖昧的敗筆。如：「站在講台上發言／我是會發抖的／就像當年第一次臉紅的時候／眼前都是小妞的笑容」（站在講台上）；「寒風突起／猛按下一頁

頁翻飛的筆記／轉眼間，眾英雄紛紛走避／唯獨武松／棒棍交加地從我面前晃過／幾／秒／鐘」（讀水滸）。

　　做為一名有抱負的文學工作者，黃恆秋文字承載詩想的造詣，顯然較前一部詩集的大部分作品成熟。並能在意像的取捨、情感的凝聚，更重要的是能從小我的抒情，拓展到對環境的觀察與省思。如：「全中國都放下高舉的手臂／忘記內心狂呼的口號」（激情過後──六四天安門）；「在廣場上，用青銅／計較時代偉人的斤兩」（銅像篇）。這其中又以〈地理教室〉企圖最大，包含的情思也最深遠：

　　　　你指著小小的地球儀
　　　　旋轉不同的角度與話題
　　　　教我細讀一整個世界的悲歡

　　　　綠色的大地上
　　　　已有流彈奔竄的燒痕
　　　　藍藍的海洋裏
　　　　仍有潛艇伺機而出的情報

　　　　你不停地辯解
　　　　而且要我深信不疑
　　　　這個世界
　　　　真摯但也滿佈無比的憂懼
　　　　（地理教室‧第一節）

　　「在台灣文壇，做一個詩人不必慚愧，雖然他們曾經一度誤陷文字的魔障，卻也在鄉土文學大論戰後，開始敲自己的鑼打自己的

鼓,把目光投注於這塊土地,以及生活在這塊大地上的人們」。莊英村的這段話,恰恰暗和黃恆秋成長的脈絡。

黃恆秋崛起於七〇年代,風格的明顯變遷要等到一九八七年前後,且構成《寂寞的密度》一書主要的作品,讓我們看看詩人一九七九年發表的作品:「很詩的日子像春臨,抉擇呢?有個很/微妙的剎那,她的唇是石刻的原始。」(剖)從文字的修辭看來,黃恆秋先生也經過一番很大的掙脫,才有今日自然動、凝斂且流暢的語言面貌。

從國民黨解嚴,到強人統治的時代結束,再到目前正需調整的國會結構問題的觀察中我們發現,做為一個「社會良心」的詩人黃恆秋,正不斷在擴大其視野,期盼與我們生命中那不可泯滅的性情共激盪。

*原載:一九九〇年五月九日民眾日報鄉土版

無限春風吹不開

——讀李渡愁詩文集《爾時相忘》

「時間是個偉大的智者。只有把自我放置在時間裡，存在才有它意義性的可能。」

正是這麼一種對於自我的期許，讓詩人在「批判的繼承，創造的發展中」尋求生命走向的記錄與定位。

在善感多愁的悲劇意識裡，詩人透過物我間迴流觀照，在詩句中映現著沈鬱的自我對話，讓我們清楚感受到一股冷寂的況味：「讓美麗與哀愁重疊／又在日記體的對白中／繼續踐踏掙扎的良跡」（悸動）；凋零的笑聲／當我決然行去／較你喚我為／雲」（茶蘼一）：「你的愛尚未褪盡，我用一生的等待，與你相遇。」（緣會今生）。

詩人長於紫微斗數的研究。其作品常有意無意地透露出宿命無常的色彩：「我來到／心的殿堂／尋找無法目測的　前生／用僅有的愛與憧憬／為雪的魂魄／默默一次溫柔的縱火」（在紫黯的天宇）：「遙遠　遙遠／有人執一壺濃濃的　凍頂　引我／共飲來生……緩緩／駛出一列開往天宇的憂鬱／也讓最短最飄渺的那個夢／在抵達下個美麗之前／孵化／我」（在抵達下個美麗之前）：「雪崩之後，必有我淒美的結局，與諸神交喙／猶如智慧的龜裂／萍浮於不可避免的三世／在缺憾與缺憾之間／宿營。直到今生」（在紫黯的天宇）。

李渡愁，本名郭賢作，一九五九年生。現為軍職。著有詩集《窗前》（一九八八年曼陀羅詩社出版）。從上一本詩集中我們不難發

現，詩人的生命中，早已「被許許多多今生與前生相互關連的符碼夾纏。」這使我們更能深切體驗到詩人思考動向的源頭。在一種見山是山不是山又只是山的辯證裡，沿波討源，追索生命的意義和價值的存在。

　　檢視詩人作品目錄，從卷首的「爾時，漠漠　行經市井／竊竊，窺伺　一個年代／蛻變的寂寞……」（爾時相忘）開卷詩，到卷一的「尋覓」、卷二的「夢橋」、卷三的「致後現代」、卷四的「寂寞」、卷五的「羈泊的蹤履」、卷六「賞析之間」、卷終的「詩沒有帶給我快樂」，乃至於附錄的「無悔的青衫逆旅」。我們可以發現，全書除了卷六「賞析之間」，詩人的情感與理智至始至終徘徊於「語言的華麗、意象的濃豔以及節奏的誇張、浮躁與不安。」之中。

　　「這部集子對我個人而言，算是一項告別『浪漫唯美』的禮物。」很高興詩人認清了置身環境的現實，更期望他能做到楊牧先生所述：「承認這地緣文化的現實，體會台灣的命運……」

　　讓我們衷心祝福：一個浪漫唯美句點後的再出發！

　　　　　　　　　　　　　　　　註：李渡愁詩文集《爾時相忘》，

　　　　　　　　　　　　　　　　一九九一年六月宏泰出版社初版

　　　　　　　　　＊原載：一九九一年三月五日台灣立報文藝版

詩是情懷的蔓延
──序苦苓情詩選《夏日最後的玫瑰》

苦苓，這個經常在大眾傳媒上活躍的名字。

他是一位生活玩家，帶團旅遊出國玩樂，他更是一位能言善道、口若懸河的名嘴大丈夫，甚至被票選為女性性幻想的對象！他也是一位暢銷書作家，散文風趣幽默，字字扣人心弦；他的時事文章犀利而一針見血。但你可能不知道，苦苓還是一位善感而多情的詩人呢！

> 清晨起床的時候
> 在枕上看見一根
> 細細的長髮
> 彷彿被褥裡仍有你的餘溫

藉由一根細長的髮，追憶著遠去的情人。看慣了苦苓一副玩世不恭的外在形象，實在很難揣想：這麼一首溫柔敦厚的詩行，竟是出自苦苓的手筆。

其實苦苓詩情早發，一九七五年就讀台大中文系的他，就曾出版過詩集《李白的夢魘》，而一舉成為《七十年代詩選》一書中最年輕的詩人呢！

說苦苓情深，不如說他情痴。苦苓筆名的由來，據說是因為苦苓懷想著某任女友「苓」，而這位名字喚做苓的女孩，一如希臘神話裡的維納斯，被固置在一個不可更替的位置上……。往事不可追，任季節變易更令他魂牽夢縈，苦苓的〈大寒〉，可見深情：

當春天花朵盛開的時候

我走過昔日偕行的小徑

已是一片荒煙蔓草

一串串的歡聲笑語

也化作長長的嘆息

他們說你去了遠方

我夢見你還在身旁⋯⋯

多麼深沉的喟嘆啊！這樣的苦苓可能有別於你所認識的苦苓，卻是真誠而至情至性的苦苓。

詩是心情的共鳴。感動會隨著不設防的情懷而蔓延開來。親愛的朋友，你做好感動的準備了嗎？

　　＊原載：二〇〇一年四月苦苓詩集《夏日最後的玫瑰》，

華文網出版

三月有一張濕淋的臉
──序江淑敏的詩集

　　情感的迷惘，歲月的蹉跎，產生詩人詠嘆的基調，詩人將文字放諸詩篇，詩篇把萬象塑造成為可供捧讀的意象，透過意象自己的演出，無疑的，寫詩的人還原為透明而清澈的水，而詩篇凝結為雲，滴滴掉落在路人的臉頰。

　　讀江淑敏的詩，似乎可以讓我們重開一扇窗，走回自己年輕的詩的年歲。詩的年歲，彷彿是誰也難以避開的青春與輕狂。

　　「一朵夏荷／娉婷／彷彿舉著輕盈的步履／迴旋於鮮碧的圓舞池／澄靛的湖水／臨風起伏／微波　漣漪／有如觀眾／咻地一聲──／佳評如潮……」

　　這首〈白蓮讚〉，發表在一九八六年十一月的北縣中學生刊物「青年世紀」，當時江淑敏才十五歲，有如此鮮明意念的表現實在令人激賞。有機的統一，擬聲擬形的演出，自然大方而不落俗套。只是這樣的情緒似乎只能說是一個好的開端，在接續下來創作的面貌，我們十之八九都看到了詩人因著感情的挫擊呈現出文字的的自刑自傷，焦點彷彿集中，但實際讓人讀來倍覺傷感，好在江淑敏詩思細緻，盡管是在情緒性的泥沼裡糾纏，至少展示了詩做為形象思維的具體特性，引領我們前往詩人彷彿命定的格局：

　　（傳說我們將主宰人一生的命定）「無疑的／我們終將成為／相命師口中／喃喃的劇本／而我們充其量／祇是一叢叢／交錯或者平行／凸起或者凹陷／的紋路罷了／難道／人們就只能／順著這些紋路走？」

　　這首〈掌紋〉發表於一九九二年台灣立報。編制般作者預設的答案，加上結尾拋出給讀者的問號，足以證明江淑敏在下筆思索上長足的進展。通過早期較為惟美的冶鍊，涉入人世的哀愁喜樂，只是詩人甘願僅止於哀愁嗎？

　　眼界的無限拓展，對於人我、物我、事我的交相感應，是寫詩者當應努力以赴的。讀介這二首江淑敏前後期的作品，純粹只是做個採樣，並無一刀劃分界限的企圖。

　　詩人總在生活的灰燼裡找尋生命的光熱，並想像賣火柴的小女孩，寒冬中劃亮點點光暈的心情。《三月有一張濕淋的臉》，呈現給我們的，正是青春的戀歌，而四十首詩，各自以他們的樣相閃耀著，一如繁星。

　　＊原載：一九九九年四月三日臺灣時報台時副刊

因為最痛，因此最美

——小南方詩集《請問玫瑰》評介

面對愛情的同時，喜悅與悵惘是並存的。

小南方雖然是個歌手，但面對愛情時候內心的猶疑、徬徨恐怕都比一般人有過之而無不及。

因為小南方不只是個歌手，還是個藝術家，一位天性敏感的藝術家，這讓她比一般人都要善感而多情。

而玫瑰做為愛情的一種象徵，多少體現了作者急欲表達的心境：所以她請問玫瑰：

> 當初被攪動的一池春水／怎麼會變成眼淚／那時與清晨第一道陽光相遇的滋味／後來又怎麼會在黑暗之中崩潰。

面對愛情的悵然若失，小南方冷靜地入乎其中，然後出乎其外，娓娓敘述出過往不再的情愛歷程，將感傷化為藝術的元素，小南方說：

> 因為你／就連凋謝都那麼美。

所以，雖是一則傷痛，實際上卻成就了小南方文字作品的高度，一種客觀距離美感的呈現。

小南方的詩，雖如陶曉清所言：「因為出書的需要，她替每一幅畫都配上了詩。」但做為一個編輯人，很高興看到的是，小南方並不是依樣畫葫蘆，而是給了每一幅畫，另一種生命的體驗，另一種情采的煥發。

感謝小南方，為這不美的塵世，留下美好的畫面與聲音。

＊二〇〇三年十一月二十九日《請問玫瑰》新書發表會／
致詞（新店市圖書館）

旅行的鐘
──顧蕙倩《傾斜／人間的喜劇》評介

現代文學出版品以詩文合集之型態出擊的並不多見。朱自清有《蹤跡》問世，李敏勇則有《雲的語言》的出版，而有趣的是，上述二本書籍皆為作者的第一本書，對於文學體裁的開發，朱、李二人當時仍處於探索的階段，但從此一觀點來切入顧蕙倩爾近的創作出版，似乎又不能完整地詮釋她付梓的動機。

顧蕙倩，一九六五年生，師大國文系畢業，淡江中文所碩士，目前擔任師大附中教師，並就讀佛光大學文學博士班。顧蕙倩寫作年代甚早，八○年代末期曾參加陳去非、許悔之等人籌組之「地平線詩社」，創作發表除該詩社發行之《地平線詩刊》外並不多見。在《傾斜／人間的喜劇》本書自序〈有一首詩〉中提及：「拿起筆嘗試寫詩，是高中的事。……靈魂深處滿滿載著或短或長的詩句。那時的我，究竟是因著什麼機緣開始了對某人的愛戀，而且還能如此浪漫的言陳這樣幽微的情思，用心的轉化為一句句如詩的模樣？真的，老實說，我也不知該從何想起？」

十七歲因為愛戀而觸發的詩句，成為顧蕙倩文學的初衷。青春的善感與敏銳，支撐了顧蕙倩創作的動力，只是這一股汩汩不絕的活水源頭，一直要到二十多年後，才集結成為一本屬於詩的「傾斜」，他們被作者以九種角度傾斜著，五十八首詩的展現與排列，則勾勒出生活微妙的刻痕。顧蕙倩說：『「傾斜」是想說卻一直開不了口的秘密……。』這個秘密其實有跡可循，在顧蕙倩的篇章裡，多的是逸出與遠行。熟悉的人事物牽絆日久，縱有深情也該從容看

待，過度的黏膩也許不是作者內心期待的距離，際此，詩人選擇旅行來消解自我。二〇〇一年，顧蕙倩曾出版《漸漸消失的航道》散文集，作者在扉頁寫出「這是一本關於飛行的書……在一篇篇散文的呈現中，如詩般的揭示著寫作的秘密。只要愈接近生命的真相，同時意味著生命冒險的航道也在一寸寸的消逝，歲月的答案給了我們不得不降落的宿命。」

作者不論如何高飛，還是要回歸在自己熟悉的家園土地，旅行給了他持續生活下去的勇氣，而究竟什麼是寫作者觸及的秘密？什麼是「接近生命的真相」呢？顧蕙倩生命的底蘊到底隱藏那些秘密，我們試讀他的〈深河——致遠藤周作〉（P68-69 節錄）

是誰，／喚我聽那聲音？

他說呀，／遠方，／你聽到了嗎？／就在不很遠的遠方，／一個又一個聲音，／和著你的名字的聲音，不能安分，／跑來／跑去的。／忽然大聲一點，／忽然，／又空出了許多的沉默。／用聽的，／真的不是很清楚。

你看，只有你的名字，／終於／看見坐在一座河床的岩石上。

在這裡，他說，／清清楚楚的。看得見那兒／有一處／確實刻著你的名和字。…………

『「你，到哪裡去了呢？」他又向河裡呼喚。河流接受他的呼喚，仍默默地流著。在銀色的沈默中，具有某種力量。如河流至今為止包容許多人的死、將它送到來世那樣，也傳送了坐在河床岩石上男子的人生聲音。』（立緒出版 P250）遠藤周作的暮年心情，自然不會跟後青春期，時值美好風華氣韻的熟女顧蕙倩相同，但相同的是

他們都在河流中鑑照自我，遠藤鑑照到肉身的短暫與自然的綿延，顧蕙倩則在水鏡裡聽到遠方隱約的聲音，正敲擊她「不安」的心。顧蕙倩熱愛旅行，像是一種心靈的出走，但在旅程中驚心不免，與散文集同題的詩作〈漸漸消失的航道〉（P29）中，出現這樣的「不明亂流」：

> 機艙外的天空，
>
> 開始愈來愈不清楚。
>
> 你終於出現，
>
> 我終於擺盪，
>
> 機長的警告響了又響。

只是，顧蕙倩的不安，很快地被自我擺盪的天平所合理化。她像一個旅行的鐘，不管走得再遠，時間一到，還是會回到自己的原點，回到自己信守與許諾的家。對顧蕙倩來說，『「傾斜」是詩，「人間的喜劇」屬於散文。』「人間的喜劇」是顧蕙倩合輯中的另一部份，收錄二十篇短小的散文作品，只佔全書一百六十八頁中的二十八頁，約六分之一的篇幅，不知作者何故將此輯與詩集合併，令人費解？是想平衡詩所帶來的衝突與「傾斜」嗎？散文裡釋放的理性大於感性，且有「詩餘」的雋永，〈咖啡因〉（P23）裡提及：

> 每天睡前，我都會喝上一杯咖啡。
>
> 然後緩緩進入夢鄉。
>
> 我不會睡不著，真的，因為，我每天都喝上一杯，細胞們早已習慣這樣的咖啡因。
>
> 睡前的這一杯，最喜歡。因為，我可以慢慢啜飲，不必著急。更不必害怕它會讓我睡不著。然後，正香濃的最後一口咖啡

因便緩緩潛進夜的潛意識底。

我睡。

她醒。

　　如果說「傾斜」是悲劇的觀察和想像，是冒險、是出走，「人間的喜劇」裡大部分的篇章則在釐清作者自身的困擾，它也像是一種還原的動作，在「傾斜」當中離心，在「人間的喜劇」回歸。一如顧蕙倩鍾愛且也創作的油畫藝術，在線條色彩間或有濃烈衝突的對比呈現，但在畫布的框架下，還是讓空間所擒服。自顧自的上演自編自導的喜劇，只因顧蕙倩又幫自己圓了謊，盡管充滿天真的偏執與善意。她說「蔚藍，再無感傷」（P132），這會是真相嗎？如果你同意，可就大錯特錯囉。

　　　　　　　　　註：《傾斜／人間的喜劇》顧蕙倩詩集：
　　　　　　　　　　　唐山出版社，二○○七年五月出版。

　　　　　　　＊原載：《文訊》月刊二六三期，二○○七年九月號

寂寞微微

──陳皓詩集《在那裡遇見寂寞》讀介

「驛外斷橋邊，寂寞開無主。已是黃昏獨自愁，更著風和雨。」
每次重讀陸游的〈詠梅〉，總會想起詩人在這個文學價值低下的時
代，獨自開著詩花，吟詠自賞，落寞的處境。

詩是意象的呈現，本質上傾向抒情。詩以美感感染他人，讀者
反映出來的不是理智的思索，而是作品的悵惘與疼惜。

陳皓收集在《在那裡遇見寂寞》當中的詩作四十四首，修辭上
保有古典的節制，但內在的情感藉由語言的釋放卻如奔流的溪澗，
淙淙有聲。輯分五卷，卷一「起始」，自然也紀錄著寫詩的初衷。〈雨
的心情〉提及：

> 抒情地走過
> 街道，下雨
> 長巷接著短巷
> 相逢是不自的邂逅
>
> 且待雨冷
> 花落了，那麼
> 被拾遺的一頁真情
> 是很重的寂寞
> 很輕的虛空

寂寞很重，虛空很輕。一直到雨冷花落才體會出那才是真情。詩
對大多數人而言，是一種心跡的表露，特別是在初涉詩文學的同
時，情感的表露，猶如季節的感觸所帶給人們的嘆息。陳皓的文
字取法典麗，精神上也承襲溫柔敦厚的詩教遺風，〈欲歸〉裡，
文字淡瑩而清巧：

　　終於
　　春風只是心中假設的印象
　　且必然的
　　流水被將被揉成一種無理的相思
　　除非是春不再睡去
　　除非是花不再吟啜
　　但古典的山色
　　分明已是幅

　　冷冷的
　　冷冷的落黃
　　於是
　　我企圖忘卻
　　忘卻
　　一顆心的夢
　　並南方的秋渡
　　可是
　　可是我的薄情
　　竟已是很薄
　　很薄的了

落黃、秋渡、春風、流水⋯⋯古典的意象與白話敘事並置，產生文白交雜的空間情調，古典的山色對比現時悵惘的心境，一種傷懷不禁發生。陳皓的文字善於傾訴，對話的場景經常出現回憶的自省自傷，詩人是天地間的旅者，本性漂盪而隨性，〈夜宿淡水河〉中的浪蕩，本該是隨緣的，情感的流變也該隨緣，只是回憶襲來時，悵觸紛陳：

> 飄泊以後
> 一切本是隨緣的
> 只因每經回憶
> 往事便已溶化
> 所有不該想起的
> 也就任性了起來

這些作品建構了陳皓作品的語調與顏色，一種獨白傾向的意識流淌。內裡的慣性語字，成為陳皓風格的另鮮明面貌。

答案般的自問自答，有著散文化的傾向，但由於援用古典得宜，又讓停滯的古典重新活絡。卷二「初生」，亦延續且懷抱著對於愛情的情傷，一次又一次的耽溺在自刑自傷的困境。在〈懷想〉中，亦有此種情懷的蔓延：

> 在這裡揀拾
> 一脈紅紅的葉
> 並且揉上九月的顏色
> 就悄悄地惦記著妳
> （飄雪以後
> 這便是我薄薄的一次思念了）

而等待著明年
妳我一同檢閱書札
重複溫習一段舊情
就在我們不記得的那頁
請為薄薄的枯葉，再滴上
一滴清瑩之淚，也許
會有今年的印象
輕輕飜舞
而我們美麗的希望
仍要旋旋飄落
在曾經交錯的心頭

這種抒情的字語圍繞在整冊詩集中。陳皓的作品以抒情見長，但身處於八〇年代末期。是時黨禁報禁業已解除，言論自由，報紙增張，出版品題材紛呈，不只黨外刊物大鳴大放，就連同仁刊物色彩濃厚的詩刊也躍躍欲試，充滿旺盛的企圖心。

陳皓當時就與友人創辦《薪火》詩刊，並擔綱主編一職。猶記得他不止一次的引述「其薪既盡，惟火始傳」這句話說明刊物名稱的由來，及其「壯烈」的情志。這種由內而外的豪情壯志，不只在作品中實踐，也在社團參與上逐夢踏實。影響所及，作品亦有反應。一如卷三的「渴望」，正是對「對於現實世界的正視」：

坐在舊日的堤岸
隨意檢點飜舞的落葉
入夢之前，手握
沉重的札記

77

許多歷史的片段
將逐漸醒來。
「僖公四年春，
齊侯以諸侯之師侵蔡

蔡潰，遂伐楚。……」
而這是一條何其幽邃的夢路啊！
林間洒下紛紛墜落的詩句
從太初的上古，到如今
我們愕然。
夢中醒來，我們愕然。
越清明，入晚唐
縱橫五代過兩漢
征騎聲盡，月斷殘陽
昔日的舊恍啊！
我們無力遮掩的豪情
都因塵囂日上的鼓聲

而留下繁華的摺痕，並且
也在日日夜夜的征伐聲中逐步退色
如今只有讀春秋，臨心經了。
一些陳舊的歷史
如何在心中猛然醒轉呢？
坐在舊日的堤岸
遙想我們曾經擁有的歷史
入夢之前，檢點幾瓣落葉
竟也感到困難

> 一如前夜我們匆匆寫下的詩句
> 此刻要在沉重的札記裡
> 如何努力地書寫一段
> 摺痕斑駁的陳年舊史？

〈我們擁有歷史〉亦以抒情為本位，吐露出對歷史的遺響。文字富有音樂性，但空間跨度極大，「越清明，入晚唐／縱橫五代過兩漢」，且焦點並不明確，讀來亦覺吃力。陳皓的作品。亦多有實驗的樣貌，〈姿勢的變奏〉中的：

> 三、坐姿
> 在禮堂裡正襟危坐
> 聆聽主席發表今日的宣言
> （關於底片曝光的問題
> 那本是勤於戲
> 荒於學的結果
> 至於我們的信條，我相信
> 那是恒久不變的真理）
> 在電影院，我正襟危坐
> 等候劇終的字幕

主席的宣言與底片曝光的問題並置，形成詩美學上轉喻（Metonymy）中的置換，拉大對比的戲劇性衝突，十分可取。卷四「夢際」，則出現地景地物的描繪與書寫，對象不再是女子，而是土地。試看〈坐讀景美溪〉該詩：

> 在溪堤的左岸
> 我靜靜坐著

觀視水草以及紅花
在風裡招搖的姿態
溪水沉默著流過，如此
我更不知道，這裡
該是景美溪的那一段了

在微涼的午後
這裡的雲量早已不多
遠處傳來的笑聲
隨著橄欖球的速度
在風中，恣意飛舞
一個小孩，為了覘覘
落英繽紛的掌聲
向著陡斜的溪堤
勇敢地，奮力上行
隨後，許多人
僅是為了歡笑的理由

在廣場的草皮上追逐
熙攘的聲浪
卻淹沒糾結錯落的足跡
在如此接近夏日的午後
這裡的風聲已是很響了
而我獨自坐在溪堤
只是希望知道
風箏飛起的姿勢
以及各種角度裡

它美麗的可能
除此，陪伴流過的水聲
我只是沉默不語

在「接近夏日午後」閱讀眼前奔踏而來的現實意象，對陳皓而言，
是一種對人群、環境關懷的開始，〈大甲溪〉一詩，尤為深刻。

——台灣主要河川
禁止傾倒垃圾

當然，面對下雨的季節
我們的心情可能不會太好
從落日的地方出發
穿越峽谷的喉帶
那彷彿正是生命的起點

而大甲溪就蜿蜒在我們前方
侵早，這裡霧色濛濛
但我依稀可以感覺
溪水流動的樣子
（輕緩而且沉默）
帶著來自上游的沙礫、塵土
以及垃圾，並且切割著
一條地緣的斷層
就這樣子流過冗長的歲月
在大甲溪濛濛霧色裡
橋也是沉默的

　　白鷺絲掂起腳

　　輕易地就躍過來了

　　水草手牽著手，背靠著背

　　聆聽流了千百年的水聲

　　當然，它們最能明白

　　生命的意義不僅為了生存

　　而且必需努力學習

　　在狂風暴雨中，如何

　　壓低姿勢，蓄勁反擊

　　在大甲溪，九月以後

　　流水總是驕傲的

　　然而，面對下雨的季節

　　我們的心情確實不會太好

詩社風起雲湧的八〇年代相信很多目前邁入中生代的三、四十歲詩人記憶猶新。陳皓當時除了自辦《薪火》外，先後加入了《葡萄園》與《曼陀羅》詩社，但也在九〇年代中期突然隱退，令識者惋惜。但在二〇〇八年的今天，暌違十多年的陳皓再戰江湖，並以《在那裡遇見寂寞》為重新出發的標記，足令愛詩人狂喜。

　　在詩壇我何其有幸擁有三位「同學」，分別是南華在我隔壁念碩士班，約定一起畢業的的嚴忠政（我念出版所）；佛光文學博士班的劉正偉；以及復興美工的陳皓。八〇年代，我雖樂衷活動，但對於文學人的集社我總習慣保持適度的距離，因為我知道創作才是根本。在八〇年代每位新生代詩人都習慣跨社的情狀下，也只感念小草詩人王志堅對詩運的熱情，襄助社費，加入新陸詩社。對於陳

皓的邀約入社，我只得以經濟狀況亟待改善為由，轉以作品力挺，並見證青年詩人陳皓是時的浪漫與純真。

　　對一個鍾愛文學的創作者來說，寫作無疑是一種情懷的表達，作者在文字的範疇中找尋意義藉以安頓自己，文字在型態上被閱讀被呈現，基本上是一種對話的姿態。這種姿態透過文字來包裹，內裡總有一股潛訊息逗引著讀者詳加探詢。

　　抒情是陳皓的文學實踐中最為突出的利器，對於詩作是否一定要介入社會現實我是存疑的。個人認為陳皓大可不必理會那些過於二元對立的言論，在自己的花園，儘管開出屬於自己姿態的花朵罷。

　　捧讀陳皓的作品總感覺微微的寂寞，這寂寞來自於個性中的沈潛與冷靜，沒有憤恨與怨懟。而寂寞恰恰說明了疏離的人我事我物我之間，詩與人間一種清澈的關照罷，在這種適切的距離下，詩人得以入乎其中出乎其外，取得個人在詩美學上獨特的位置，這是作為老同學的我，私心期盼與祝福的。

　　　　　　　　　＊二〇〇九年一月十二日寫於國北教大

＊原載：書海巡曳 http://blog.ylib.com/polo2006

卷二

台灣當代小說讀介

欲望與真實的角力
——羅位育文字風格初探

　　廿歲左右就鋒芒畢露，叱吒文壇的早慧型創作者，多的是形式上勇於實驗和創新，情感上毫無顧忌地擴張發散，他們是文評家眼中的明星，但往往在亮眼炫目的瞬間，都像流星似地了無蹤跡。青春痘文學的現象，可能帶給原本狹礙的文學環境些許生氣的漣漪，但在整個大環境受到聲光媒介充滿之下，儘管現代人知識充足，情感澎湃，作家多如過江之鯽，但能持續不懈寫作的人士，卻是少得可憐。

　　相對於廿七歲大學畢業之後，才開始著述立論的羅位育，不禁令你我有更多的期待和珍惜。在這速食文化氾濫，文學教育闕如，物慾橫流終至於日趨惡化的現代情境中，風花雪月的吟詠似乎離題太遠，它也許提供一座審美的園囿，但積極的創作者，自可以從立足的土地開始，放任視野向每一個生活的現場延伸。

　　在羅位育的文字裡，不難發現作者常以旁敲側擊的方式，藉男女之情事，表達其意在言外的詩質語言。《鼠輩》裡的〈鬥魚長輩〉，作者在第一人稱的敘述下，客觀影射了愛情呈顯的窘境：

　　　「其實，我正忙著尋找一條長壽的暹羅鬥魚。……兩條擺在一起就打架，老你啃我咬的，分開養，這麼情緒化的魚類又不適應冬天的氣溫，要踏破鐵鞋去找這麼一條鬥魚——是那種在古稀之年仍可向魚子魚孫吹牛的鬥魚長輩——這是不是叫強人所難？」

　　一對同居的男女，對婚姻存有恐懼，又對彼此情感有所擔憂，故事中的男主角對數年來之愛情的呵護，就像對待「鬥魚長輩」一

樣，須要「定時取出定量的蟲乾或綠藻球伺候鬥魚長輩，尤其魚缸溫度更要留心……。也就是說我要全心守護鬥魚長輩兩年。」

兩年。兩年一過，情愛的花朵便萎謝了吧！

「那一天我突然想見異思遷了，我就全權作主地把鬥魚送入冰箱上層的冷凍櫃，然後心安理得地捲舖蓋搬離她家。」

詼諧幽默的筆調，勾勒出都市男女遊戲的性格，不確定的時代裡，曖昧成為保護色，一種灰褐的屬性。欲望與真實兩相交擊，在電光火石的剎那，是痛楚的嘶喊，亦或生命情采的火燄？

一九九〇年八月，由聯經出版社發行的《熱鬧的事》，與同一時期作品（一九八六～一九九〇）從體裁的寬闊，饒富趣味的議題，媚來眼去男女不安心靈的擺盪，在在證實其探索方向之深遂。而我也不得不承認，讀羅位育的小說不是件輕鬆的事，冗長且繁複的意象語言，獨立來看自成一完整的架構，但在句與句修辭上不斷疊現的狀況下，賦與讀者閱讀上的考驗形成了交流上的阻障。

可喜的是作者一九九三年出版於麥田文學叢刊的《食妻時代》終可突破糾纏之格局呈顯出清新之面貌。焦點的集中，語言的清朗輕舒，讀者自可悠游於文字的瀚海中去遊歷。

而在《食妻時代》中，彷彿夾藏一股人之大慾緊隨在字裡行間。我們可以舉〈盆地男女〉該篇為一佐證：

> 故事主敘者成則的小弟成秋，仍在一所高職美工科擔作老師的時候，陳祖寧來到他的住屋要求擔任模特兒，且說：「如果有人畫出我這生最誠實的模樣，我一生將會順遂清朗，我只希望有這樣的一生。」然而成則的小弟畫了三年，相信是失敗了。而成秋從一位教師，業已成為狗食企業界的大賈。之後陳祖寧在其弟弟婚禮上遇到成則，毫不膽怯地向他毛遂

自薦軀體，也希望成則描繪出她的「誠實」。是仍對於「誠實」存有些許許冀望？還是飲食男女的原始情慾呢？

「衣衫的第三顆鈕扣恰和她的乳頭平行，這鈕扣彷彿是她在外敞露的第三顆乳頭。……我真的是這麼想的，如果是從解開第一顆或第二顆鈕扣起，那就是單純地寬下衣囊老老實實地擺出屬於肉體的姿態而已，只要解除了第三顆鈕扣，我不騙人，我可以清楚地見到無數的小陳祖寧沿著衣縫溜出來，像小天使一般……。」

際此，情慾和誠實是劃上等號的。或者該說誠實是情慾之燃點。人類的意志本該如風那般自由、作者有意無意地挑逗每一顆被偽善道德蒙蔽的心靈，間接地向婚姻制度提出挑戰。在作者尚未結集的單篇小說〈休妻啟示錄〉裡，亦延續此一冷嘲熱諷的筆力，誠為一勤耕的新人類作家。在人際關係益加衝突緊張，女權抬頭的今天，羅位育帶給我們的感受，似是對男人的聲聲忠告，也許並不悅耳，但傳統的沙豬，似乎不能再憑藉好惡去支配一己的欲念了，因為羅位育，已經預言「食妻時代」的來臨。

＊原載：一九九五年四月旦分雙月刊

乳房萬歲
——讀介李浪小說集《無印良品》

一

　　新聞事件、女人、乳房,此三種主題,似乎一直成為李浪小說的敘述主軸。

　　作者從翻譯日本小說出發,此種訓練,無疑增加其文字上的張力。李浪的文字技巧出奇地冷,一如醫生的解剖刀,刀刀切中要害,猛一探看,會讓人以為是新聞從業人員般的犀利與準確,但詳加細究,卻可以在遣詞用字裡,看到屬於文學的溫情與想像。

　　收到書裡的四十二篇極短篇,都有著相當程度格局上的設計,配合著簡單的人物進行,很容易讓讀者進入閱讀的情緒與狀況。

　　在李浪的掌篇小說中,對於故事的著墨有著詩文學的跳躍,自然在細部的描述上較為簡約,或由於文體上的制約,李浪的結構體現出相當的精緻化,在一片文學市場著重短小精幹的聲息中,無礙命中市場機能的要害,但相對說來,在文學背後的象徵意義,那似乎沉重的敘事觀點,及拋給讀者的省思空間,會令大多數不善思索的讀者望而卻步的。

　　出版商和出版家的差別,在於理想與實際的天平孰重孰輕,李浪的《無印良品》封面,出版者似乎有意想以當下的流行文化——「情色」做為賣點,企圖打響書籍店銷的市場,但高明的讀者一篇篇的讀下,自然發現李浪呈顯嚴正的使命或意涵。這點可能會使某些「通俗」的讀者因著美女的促銷而掏腰包,事後卻悔恨不已。

很抱歉這裡提到了「通俗」二字，我不想把文學抽象化，但面對時下流行作家文字上的污染，確實已令人無可忍耐了。如果說文學只供作一種猥褻的工具，讓如何調情、床上如何翻滾的敘述寫成文字，我倒建議：影像是感官上直接的經驗，要比文字來得更有魅力，何必自誤誤人呢？

二

弗洛伊德以尹底帕斯情結建構了近代心理學一套令人驚駭的看法，由於緣自希臘戲劇的底蘊，無法自每一人種民族性的個別性格來君以剖析，但參看在人類基礎的發展個性來看，至少描繪了一些輪廓來提供你我加以辯證。如果一個人的童年經驗裡源自慾求上的不滿而足以撼動整整的一生，那麼值得探討的課題著實令人倍感深思。

在李浪的篇章裡，其實深究的是生命裡對立的二元衝突。換句話說，李浪掌握十足的劇場手法，將篇章合理地遊戲化，再加強其該具足的文字描寫，於是乎成就了一篇篇關於原慾的，社會意志的現象呈現。也可以說他是位社會的病理學家。

個人認為李浪尤為突出的，是對於情慾轉折上的描述相當洗鍊而令人震撼，特別是針對社會版上層出不窮的性心理性犯罪之問題。

「他和她交往兩年多，友人介紹再進入戀愛的那種方式；也曾經很激情的擁抱過，撫摸過，吻過。但，他從未碰過她的乳房──想起來，自己也嚇了一跳。」

〈乳房〉文中簡單的人物刻劃，藉童年母親罹患孔癌的不愉快輕驗，使得劇中男主角面對新婚妻子美麗乳房的同時，竟有了欲泣的衝動。

　　而「斷奶」裡酒後藉故發脾氣，摔杯子，然後找國小六年級女兒替代母親「克盡母職」的結局，是小女孩拿巴拉松沾了些酒液，塗在乳頭上。接著是她父親「碰，碰──碰──」一聲比一聲急。她於是去開了門，說：「阿爸，你可以進來了！」

　　人生也許就如同這本書的封面跟書名一般矛盾吧！封面高喊「乳房萬歲」，書名卻映現著《無印良品》四個令人倍感脫俗的大字。呀，真難為這些商人或說是出版家了，在功利與理想之間。但可肯定的，還是李浪，和他的第一本小說集所帶給你我的感嘆和反思了。

　　　　　　　　　　　註：李浪著《無印良品》短篇小說集，
　　　　　　　　　　　　　一九九七年三月，台北新潮社初版

　　　　＊原載：一九九七年五月四日台灣新聞報西子灣副刊

自由的詩魂

——雪眸《悲劇台灣》讀後

　　生命的長河悠悠緩緩地向前馳逝，幾番春秋，多少悲喜，一切喧嘩過的，衝突對立的，終將在時間起伏的波瀾中淹沒。

　　而在這可感動的世界裡，最難能可貴的，該是藝術工作者筆下呈顯的境域了。透過事物本質的體現，藉以追求精神上的寓義，希冀從作品裡，去了解世界和本身存在的價值。

　　雪眸所揭露的文學型態，正是其價值取向的追求與省思。而實際上，在《悲劇台灣》之前，擇用繪畫做成觸媒，用以表現作者內心的情志，在短篇小說〈明天〉、及〈泊岸〉中的良輔，已有相當精采的情節呈示，而劇中人物似乎都命定似地，成為無法圓滿的表徵。

　　割裂的現實生活，藝術成為撫平心靈創痛的輔助要件，雪眸藉由直觀的繪畫語言，來凸顯各個理想世界的原型，只是在這個變化極具快速的相對環境下，人事物的判斷，往往在確定的瞬間，又有了新的解釋。

　　不確定的年代裡，堅持竟成為苦悶的枷鎖，真理是為何物，雪眸凸顯的主軸，正是迷惘和舉棋不定的徘徊。

> 「你的新台灣意識容許中國意識存在嗎？」她前傾的頭臉配合凝注的眼神，表達了如許的關切。
> 「都消失了，還有？」他答得份外輕鬆。
> 「容許客家意識嗎？」

「這倒沒想到，但是有必要嗎？大家都是台灣人。」

「這就是你的觀點粗糙的地方，辯證的結果，中國意識必然還存在。」姚琪娜拋出一個反問的眼神……。

這種對於二分法體系的質疑，表達了自由主義存在的政治態度上的包容，但從另一個角度來說，自由主義似乎也恰似無根的飄萍，心中想必也會有一種「落實」的渴想罷？

做為心靈自由的藝術追求者，每一位始作俑者、自有其表達的初衷，但經過個人學養暨主客觀經驗影響，隨著技巧的成熟，技法已不是創作的主要問題，而往往是忘掉了技巧，把全部的感情思想灌注在作品裡。

《悲劇台灣》中，朱安捷、姚琪娜、顏波岸三人藝出同源卻又分道揚鑣，而主要的相異關鍵，則在認知取向上的分歧。

作者苦心孤詣的經營，朱、姚、顏三人彷若目前台灣相斥的意見符號。有人懷抱大中國的殭屍猛 kiss；有人用行動實踐了胸中沸騰的熱情；還有人則是從自我的自由主義出發，盡其在我地尋找生活上的感受。

為人生而藝術喊得漫天作響的同時，藝術其原本純淨的審美質地受到了挑戰。

二十世紀末多數台灣人的悲哀，毋寧說是找不到可以適從的立足點，正因為立場是沒有立場，一切便存在著疑慮，反映在社會現實面上的，是經濟上的短視近利，群眾觀念上的積非成是。

作家如果都是一個獨立的政府，那麼對於威權的反抗，對群體的盲動，對人性自由需求的認識，一定有更明晰的睿智去加以剖析。《悲劇台灣》其人物性格有其象徵的意味，透過情節的演出，讀者參與再創作的結果，不難理出作者欲意表達的旺盛企圖。

朱安捷自故國的神往，而後踏上中國的土地，最後安排其意外抱斃、在西安美術學院的暗夜裡，彷彿宣告迷夢的破碎。顏波岸是頗具草根性格血性且敏銳的青年，本該屬於藝術的，但其受到在野的勢力影響，進而前往搖旗吶喊，在一定的程度，似乎也是種自覺的行徑，但也能是危險的。

任何一個不穩定的政權，朝令是可以夕改的。今天的天使，難保明天不會是個魔鬼。所以顏波岸眼中畫作很優雅、溫柔，具有詩意的姚琪娜，正好反映了台灣當下認知上的含混，而結尾吊拓一筆，道出姚是性取向異常的同性戀者，更是對整個環境反動的影射。恰如其份地說明了時下一句流行的廣告詞：「只要我喜歡，有什麼不可以。」

雪晔的文字從早期的隱晦冗長，到近年來撥雲見日般地簡潔清朗，相信他在語詞交互的激盪下，已理出一條紮實沈穩的路向。但仍舊保有的，是那著重人物心理的描繪，及錯縱難明的敘事觀點，或者像「他的右手很悲劇地在她的胸前，背部游走開來。」這樣「耐人尋味」的矛盾修辭，而細心的讀者自不難發現，雪晔文字是冷凝的、理性的，但其文字承載的情緒卻是熾熱的。

文友間戲稱雪晔是文學界的孤雁。因為他總執著於自己認同的方法來表達其觀想，進而握取那股力量，成為人世之劍，揮舞且斬除群魔。

際此，詩之正義於焉產生。《悲劇台灣》努力提示你我的，是錯亂的意識型態因著環境與政客的眷養，而成為愈益碩大的思想疏離。在這麼曖昧晦暗的年代，個人自由的追尋，或恐是精神惟一的逃避，或者皈依。

（註）：《悲劇台灣》，一九九四年六月，前衛出版社初版

＊原載：一九九四年五月十二日台灣時報台時副刊

曖昧人間，欲望的虛實
──凌明玉小說〈複印〉初探

　　愛的歌詠，情的傳唱，恒古以降，自是文人筆下一再企欲捕捉的題材。因為情愛根植於人性底層的結構裡，成為普遍的共同情感，際此無論故事如何被重複，文本卻因書寫者之際遇經驗的不同，從而有了嶄新的生命情采。

　　作家在面對自己作品的同時，通常先感動自己，再以文字去感染他人。而如何揀選題材入手呢？通常這又是每一位新進作者所面臨的第一道課題。

　　凌明玉，一九六九年生。一位婚後決意成為創作者的小說作者，第一篇小說〈馬伕〉發表於一九九二年，時年二十三歲，實則遠離了文藝青年情采煥發的年齡，所以她的創作，是一種自覺式的創作。一般所謂文藝青年，可能在十六七歲的階段，基於各種主客觀因素而投身創作，他們的寫作熱情源起於校園，但大多時候，一旦他們邁入社會或選擇進入家庭，創作於焉中斷，形成許許多多感情充沛、令人稱嘆的流星群，或「一本詩人」，甚且「一本作家」。凌明玉的出現，實則遠離了年少情感的風暴地帶，更由於是一種基於生活反芻式的創作，在可預期的時日裡，相信仍會創作不綴。

　　在短短的三四年間，凌明玉完成《愛情烏托邦》裡的所有創作，並在各大文學獎裡展露不凡的成績。對於家庭的關懷與熱愛，我們更可以看到凌明玉充分發揮其勇健的創作力量，右手寫小說，右手在台灣時報兒童版開闢「寶貝在說話」的兒童童話專欄。

　　寫童話的凌明玉，是天真而淘氣的。相對於寫小說的凌明玉，事實上我們確感覺到她那字裡行間，厚重而又沉滯的空氣。

　　凌明玉的角色設定是清楚簡鍊的，一如她的文字。我們可以從容不迫地泅泳在她為你我預設的情境，而慣常以第一人稱的手法敘述，通常更可以貼近作者的思考，並更加快速地感染給他人。這對於文學的初涉者而言，無疑是較好的練習曲，以〈複印〉為一例證，我們當可舉出此種微妙的心理轉折。

　　〈複印〉經過形式上機巧的設計，雖說略顯鑿痕，但可喜的是文字充沛而流利的情感在其間貫串，終而彰顯其意欲開顯的主軸：橫流的情慾，放縱的思想，紊亂的人物關係，太多的不確定性，反而造成作品內在的對比與高潮。也許作者要傳達的衝突，在一再「複印」的同時，竟卻選擇了如敘述者口中的母親，一種割離，亦或是她母親的另一種追求？凌明玉不禁提出她隱隱的抗議：「在她熟悉的角落因她而降生的骨血單薄無助地成長？」而這不快的記憶，似乎著魔似地跟隨著女兒的記憶：

> 小女兒的心事彷若樹木的年輪，永恒地烙下痕跡。即使日後那為人母者刻意地尋了來，一日一日的拉攏問暖，一字一句的叮嚀等候，卻仍鑲嵌不上那記憶膠卷裡曾惡意缺席的每一個時候。

　　依循凌明玉為我們舖設的線索，從童稚時候離開家庭，追求另一種生活型態的母親，到父親一再抱歉地對著女主角說：「對不起，爸以為妳是媽媽。我醉了！」此種家庭賦予的原罪，一如馬克白的〈群鬼〉，那麼命定成為揮之不去、終身的印記，並伴隨一輩子的記憶。一直到女主角任職於外商公司、卻也隱含一種外放的流逐思緒，從一個男人到另個男人，她要的不是停泊、是短暫的慰藉，他

渴想的不是愛情的溫存，而是情欲的快感。在冷靜時分，她也不禁懷想：

> 但是當我發現有人也和我一樣迷上吃酥烤食物，老是愛上有婦之夫，聽相同的音樂，喜歡靜靜地坐著發呆，突然同時說出相同的話，甚至一起露出同樣的神情……。

> 我甚至開始懷疑，是否還有一位同卵異生的手足，想要努力尋找那片失落已久的拼圖。我不能容忍這個獨一無二的自身像是細胞分裂，不歇地繁衍滋生……。

如此宿命地去歸咎於初始的原罪，讓一己的罪惡全然地拋向一個曖昧不明的他方，或許，就是解脫與救贖的一種方式吧。一如她的母親，常將命運託附於飄渺不可知的「命運」，所有人世的浮沉，就在充滿歧義的命相師口中彷彿湧現。

〈複印〉裡棒球場的場景和影印紙張的尺寸，相同地，都在略嫌「設計」的味道下那麼「不自然，卻又自然而然地」出現，這種刻意浮現的矛盾，無疑給了讀者一記清楚而明白的象徵物件。的確，我們存在的環境，不也是個符碼編制的社會，就連情色行業，都要以分計價，以酒杯來計算情欲的深度。如果作品原本自生活來，那麼這樣的設計，似乎就不足為奇了。

註：凌明玉小說〈複印〉曾獲中央日報第十屆文學獎短篇小說第一名

＊原文載於中央日報副刊 87.2.11-12

磷粉剝落的過程

——讀溫毓詩小說集《葉蝶面具》

　　葉紅蝶，一個不太世俗的姓名，卻有著你我周遭俯拾即是的情節：一個山地部落的小女孩，讓人口販子帶到城市做妓，因為一時的依戀與迷惘，產下一名女嬰，曰葉紅蝶，在孤兒院成長，多麼宿命而無奈的橋段啊！

　　溫毓詩的文字魅力來自於言語中的豐富與真誠，而語言的豐富，則因她全然地釋放自己的感官，心領神會地去思索一己的生命情境；而創作中作者本身即是一個自足的世界，創作活動相當程度地暴露了私密的某些部分，關於真誠，關於無私地面對自我，無疑是每一個創作者當下的挑戰。也是測試一名作家優秀與否的試金石。

　　在文字書寫的領域裡，多的是書寫心情的人，但絕少部分敢於挑戰自我深層的欲望與意識，面對自我而近乎殘酷的事實，恰如浴火鳳凰般地慘烈，但絕大部分的作者因為迴避它，反而得不到作品完整而美善的良好回饋。

　　台中大度山區，每到假日久為飆車族所盤據，他們成群結黨，呼嘯而過，在風中競速，在速度與死亡的邊線上尋找道德的叛離；在與死神的博鬥裡，生命因為交錯有了火花。而無論是直接經驗或者間接經驗，在在都提供了你我可供省思的情境。

　　〈葉蝶面具〉的結構寫來呈顯出兩端思考的角度，在自白的部分，有精采的演出，寫來真誠細膩：

> 我還記得一些零星的記憶，關於感覺，或者夢……酒醉之後在山林間狂奔，月亮如一張笑著的蒼白的臉……。（頁 22）

> 我喜歡躺在大理石地板上，石質的冷沁使我思慮清醒，房子也有生命，螞蟻巢穴路線、牆角的蜘蛛網……。（頁 26）

> 我是將自己包在一層膜裡的異卵，不想孵化。（頁 27）

詩的意象的呈現，更加深了文字的深刻度和可能性。反觀作者客體書寫的部分，作者大筆一揮，卻也能粗中求細，精簡扼要地白描出生活的樣貌，誰曰不宜。

葉紅蝶被退學以後，她也同時離開育幼院，自己開始街頭尾的混。對於一個女孩子的長相來看，她的個頭頗高，面貌因為曬黑與短髮，還有一種排除女性氣質的長期偽裝關係，比較接近少年的長相。（頁 28）

在這篇文字裡，我倒沒有讀出舞鶴所陳述的「兩種文體」：「一是講究文字與意象的『純文學』文體，二是放鬆文字構句與意象普及化的大眾小說文體，前者文字意象寫出自己的風格，後者寫到大眾小說所能到的高水準。」

舞鶴所謂的「中間小說」，文字介於前二者之間，但實際上就整體看來，大約只能說是一種書寫的語態轉折方式罷了，以文字的隱晦與否，或者是否具備象徵和隱喻的多寡來介定文體類別，似乎是危險的制約方式。但我還是願意期待所謂「中間小說」的到來。

舉〈葉蝶面具〉來試述台灣小說的另一種可能，正如同我們身處在一個非閱讀的環境裡，聲光媒體資訊每每迎訝而來，但一瞬間又灰飛煙滅，了解文字本質所能承載的悲喜才足以不受到時空的限制，開展屬於自己特有的深沈意涵，在溫毓詩的作品中，我們看到

她深刻而執著地面對文字，希冀在混沌的字裡行間理出一條新世代小說的前路。

溫毓詩的作品具有詩的象徵與散文書寫的流暢性，光是以上二種典型的文字的特質，在所謂「後現代」狀況的今日就已經彌足可貴了，更何況她勇於面對思考的瓶頸點，向內裡、向更深層的內在世界挖掘，對於這樣一位真誠的作者，除了期待，試問，在我們這般視閱讀為畏途的時代，我們能再說些什麼？

溫毓詩的小說集裡當然有其他更好的作品，至於詳情如何，後設的評論或介紹，永遠不可能滿足讀者的需求。如果你在某個心靈需要沈靜的時刻，用書來調理自己的情緒，那麼就來擁抱這位勇於真誠面對自己的作家罷。當磷粉在時間中因揮舞而剝落，死神向曾經美麗的葉蝶招手，在這文字的巡禮過程中，生命才得以救贖，才得以完整。

　　　　註：《葉蝶面具》溫毓詩著，麥田出版社出版，
　　出版日期二〇〇年九月。此文為麥田出版社書訊讀介。

101

愛，別離
──《河岸月光》裡聆聽范俊逸

　　沒有離散，沒有文學；沒有離散，也就沒有河岸深情的留言，對我們默默述說屬於我們共同的故事。

　　范俊逸在小說開頭時說道，人世間的感情「一種是河，一種是岸。」並且有一種無法歸屬的，屬於雲。而多數時候，每個人都是不安的河，但也會是忠貞的岸，以及漂泊的雲。男女間的情感是最難把握也最無法說得明白清楚的。

　　戀人的心啊，就算是此刻緊緊相繫在一起，下一刻起因為分離，因為在乎，又會開始擔憂起來。一切的懷疑、嫉妒、猜忌都會不懷好意的前來，情人們的心緒隨時都在變動中，唯一不變的，就是真摯而已。

　　《河岸月光》體裁以戲劇性的獨白呈現，主角羅丹是一名駐唱歌手，全書用第一人稱主述文本脈絡，文學作品虛構的真實性在此書中不斷的被彰顯出來，且由於作者本身具有許多跟羅丹的雷同經驗，如駐唱、創作詞曲等等，因此全書在描繪上更為深刻具體，寫來更具豐富性與可讀性。讓我們不僅看見范俊逸，而且聽見范俊逸。

　　音樂詩人、詩人小說家……作者有許許多多令人讚許的名號。而不論是詩人意象的經營，或是小說家的人物與結構的安排塑造，都是范俊逸所專擅的項目。而究竟是什麼因素可以造就一位詩人、小說家，一位音樂人，又是什麼因素讓范俊逸將兩者結合在一起？

　　對范俊逸來說，他有一個十分繁複善感的童年，生長於東部濱海蘇澳小鎮的他，鎮日聽聞海洋與市井的人聲雜沓，在自然與文明中不

斷切換生活的開關按鈕，而當他拾起吉他的同時，透過六根金屬或尼龍的絲弦，無端的情緒就能不斷的撩撥壓抑的思緒及情感。羅丹說：

> 我用一杯酒買你的悲傷，
> 我用一杯酒買你的淚光，
> 用一杯酒買你的
> 快樂的慾望，
> 用一杯酒買你的
> 美麗的
> 滄桑……。

　　音樂詩人范俊逸其詩人氣質來自於對意象的嚴選，透過簡單的意象疊宕，抽象的感情被凸顯出來，加深了讀者在閱讀小說時心靈的轉圜。猶如台九線九彎十八拐向宜蘭趨近的同時，如果天候正好，妳就可以從蜿蜒的綠意中脫身，看見一整片發光的水田。羅丹用一首歌、一杯酒跟他人交換一個故事，每一個故事是你，也都是我。

　　結構的安排亦是范俊逸作品中一個極富巧思的橋段，從范俊逸對篇章的安排便可看見。然而最令讀者可茲探勘的，還是范俊逸愛與別離的主題。他也不時扣問，請問月光：「愛，何時停歇？」

> 她真的很美，美到好像足以俘虜人的靈魂、摧毀人的心智。
> 尤其是那雙深不見底無法探勘的美麗眼睛。

慾望的迷惑使人甘心心悅誠服的繼續追索，不只是肉體的美麗而已罷，在眼睛的靈魂深處，也一定駐足一位天使，她是那樣的單純、潔淨，亮麗而美好，她會細細聽你的頃訴以及你的歌聲，看來愛有停歇的那天，心也一定會被置入毫無溫熱的無風地帶。徬徨於愛情的夏朵這樣說著：

> 我是一條
> 不會游泳的魚
> 我想呼吸沒有你的空氣
> 卻發現失去你
> 生命無法
> 延續

失去與擁有恆是兩難的抉擇，在不斷擁有中失去，或在不斷失去中擁有，是羅丹、夏朵以及書中人物面對的最大課題。羅丹就像世間所有男女一樣，不辨貪瞋癡的最終樣相，最後還是要在感情面前沈淪。

不斷的離開，且不斷的相遇，展開另一段愛情，而這段愛情，像是對自我的救贖，也像一節早已離枝的漂木，所有的流浪，只為了遺忘自己，遺忘過去的情傷。

范俊逸的小說風格傾向自我的描繪，自然會在書中湧現若干作者的直間接經驗，但藝術創作或者說文學作品本來就該忠於自我，勇於書寫自己的人才是真正體貼讀者的人，作者的真心真意在文本中一覽無遺，誰曰不可？

《河岸月光》是作者的第九本書，但卻是范俊逸第一本長篇小說。范俊逸從詩歌裡汲取象徵的精髓，又有多本散文敘述的訓練，再加上他出身於國立台北藝術大學戲劇系，慣於在行文裡置入對立與衝突，文體的相互滲透造就了范俊逸小說更為寬廣的世界，也為讀者體現了一個細膩的感情現場。河岸月光，像是情人不眠的照盼，永遠護衛她信守的岸。

＊原載《河岸月光》書序，圓神出版社，二〇〇五年。

卷三

台灣文學散論

小眾喧嘩的年代
——文學的大眾與小眾

　　要從文學的角度談小眾，當然要先理解大眾文學是什麼？大眾文學定義歧見紛陳，但若以管理學八十／二十的市場法則來簡單看待，就是說：大眾文學是讓近八成的讀者喜愛閱讀的文本，而另外的二成，就是所謂的小眾文學了。

　　但有趣的是，小眾文學的讀者雖然相對稀少，但文學解釋的論述權力卻一直掌握在學院、文學媒體掌門人，以及從事所謂純文學創作的大老級作家手中，大眾文學被生硬的置入通俗文學一詞，雅正文學則又有「精緻」、「菁英」文學等美譽。通俗文學被學院望文生義解讀成極普「通」又低俗的文學，這個「通」字的字詞與早期的「通」匪，以及成語暗「通」款曲一樣，評論家打從心底不懷好意。

　　在論述者的眼中，「淫哇盛，正音歇」正是他們心中的無限感慨，問題是，文學一但遠離人群，成為文人圈道情酬唱的工具，也非文學發展之幸。在書籍流通的自由市場機制下，相對於所謂暢銷作家，標舉純文學的作家群，基本上就是小眾的一群，而這小眾的群落竟又分裂成圈內跟圈外，若說文人自古相輕是天性，但在論述文學解釋霸權時，特別是在雅／俗文學之爭的當下，可又看到這群雅正文學作家們，不論圈內掌握文學媒體公器資源與決策的一小撮人，或圈外自娛娛人鮮少得到發表機會的創作者，此時皆能難得一見的槍桿子向外，共同護持著微妙且純粹的所謂「文壇」。

書寫轉向與解嚴

　　一九八七年解除戒嚴之後，報禁、黨禁、旅遊探親等禁令相繼解除。誰也料想不到，二十年後的今天，當初的反對黨辯護律師一躍成為連任兩屆的民選總統；高速鐵路一個半小時自台北抵達高雄；雪山隧道通車；柏林圍牆成為觀光景點；中國崛起，共產主義抵擋不住資本主義唯利是圖的大軍，心照不宣的類資本化……更神奇是個人電腦的興起，繼而普及，網路對生活滲透的同時，傳統紙本媒體竟節節敗退。

　　三大張報紙的時代，佔滿一整版的副刊舉足輕重，編者只需一個手勢，揭竿而起者大有人在。對日抗戰時期，副刊的盛況，就是報童在街上大聲嚷嚷：「今天登出艾青的詩──」一時洛陽紙貴，羨煞多少今日仍困在塔裡的作家，艾青的詩與大眾的聲音起著共鳴，現在大部分的作家望著自己的肚臍眼直說有趣，還想得到別人的注目，才叫人匪夷所思吧。

　　流行文化引領風氣，報刊經營者也適時提出策略因應生存，第二副刊從傳統文學副刊出走，承襲了文學副刊逐漸輕薄短小習氣之外，更展現其多元性來迎合大眾的需求，新的書寫元素，從家庭、兩性、親子等等，無疑擴大文藝書寫的開展，在內容上更加多元而豐富，文學終於更加貼近大眾，其間掌門人更不乏文學界聞人，許多作家轉換筆名，寫起感觸性的生活小文，朵朵據悉曾為希代力捧的新銳作家，轉入報業工作後創作暫歇，編報之餘善用自身資源，一時靈感如汨汨活水湧現，成為羅蘭之後，語錄體的暢銷作家。文人變裝出現在大眾書市除朵朵外，還有苦苓、蔡康永、張曼娟等人。學院對通俗作家成見仍深，國北教大李嘉瑜老師感慨的說：「學界對張曼娟作品的研究和評論異常受到冷落，這種現象和張曼娟在文學場域的位置無疑有密切關係」。

學院的論述霸權見其所見，刻意忽略作品的影響，早是不爭的事實。

當有人大聲疾呼：文學已死。殊不知文學已變身為一塊看似可口且入口即化的蛋塔，等待閱讀大眾一起來大快朵頤。文學守門員機制丕變，工作人員被要求兼事文學行銷，跟機構或公司行號配合文學獎執行工作，副刊樣貌看似退化，實際上也算是與時俱進，專題企畫取代零星邀稿，文本跨界在在豐富了文學單一溫柔敦厚的樣貌，是讀者之幸，誰曰不可？但卻是抱殘守缺自詡為雅正文學工作者心裡的痛。

誰殺了文學副刊？

文學副刊一向是華人報業中最驕傲的一環，過去副刊媒體守門員堅守文人圈的態勢，也間接形成意識型態與美學風格的兩極差異，八○年代末期是文學副刊走向衰亡或轉型的關鍵期，卻有因著本土與中國的認知差距形成相互抗衡的事實。由自立晚報支持的「本土」副刊，以及台南幫的「自由」副刊、高雄的「台時」、「民眾」副刊，與今日所謂兩大報的中時「人間」、聯合「聯副」暗中較勁，不也有趣地對比著今日藍綠政黨的壁壘分明。

不同副刊文化因背後支持者不同而意識型態各異，造成選稿標準不同，也逕自形成不同的文人社群。過去歷史悠久的兩大報文學獎，得獎作家不僅擁有全國性的高知名度，出版社也自動找上得獎者想要出書，寫作者享有文學桂冠的光環與榮耀，可謂名利雙收。對比著當前許多作家習慣將文學獎當成一種另類的發表園地，文學獎獲獎機會也被一些得獎專家奚落成比中統一發票還要容易。

　　文學獎品類繁多，從八〇年代的十多項篡升到今天的年度百來項之多，文學發表園地的萎縮，作家紛紛轉進各大報或地方縣市政府、基金會或行號等文學獎，文學獎退化為另一種發聲、發表的管道，而不是晉身作家的主要指標。曾幾何時，以上那種黨同伐異的副刊性格漸漸受到個人化的布落格所取代。布落格的世界裡，沒有霸權，網路的興起，確實改變並取代了資訊傳達的一言堂型態。

網路生活的衝擊

　　二〇〇五年喬布斯因為推出蘋果電腦以億萬富翁之姿躍上了美國《時代》雜誌封面，成為資訊產業的第一人。二〇〇六年《時代》雜誌的年度風雲人物，是「You」。紙本雜誌封面上出現了電腦螢幕──「你」是誰？顯然一向刊登俊男美女的雜誌順應潮流，頒給了網路使用者的你我他。這個舉措間接宣告個人化時代的翩臨。

　　過去投稿者必需莊重地署上某某副刊敬啟或大啟的信件，今日得以藉由一封電子郵件，一個 Enter 鍵便可輕易地傳遞稿件，許多人直接在網站上書寫，自架網站，更多人藉由入口網站提供的即有功能自行經營布落格，網頁上 PO 像片書寫心情或觀感，十足是個全民書寫的時代，人人都可扮演作家與出版家的角色。

　　出版的定義有廣狹二面，廣義的出版包含文字被載具傳布至讀者於焉成立。出版透過螢幕在網路傳輸中完成，徹底顛覆了出版的型態，書寫模式的不斷變革，文學確實在泥沙俱下之中排山倒海而來，人人越過守門員機制的門檻，唯一可供丈量的，只剩下人人心中的那一把尺。

　　網路是虛擬的，流量表也像是一個令廣大讀者檢驗的機制。留言版充斥流言與讚許，人性在文字載具中裸陳，感動及憤滿悲喜交

集。出版社企劃轉向，部落格作家九把刀、彎彎等浮現實體書檯面，作家夢終至於在紙本書籍中得到實踐。

　　AC Nielsen 查訪二〇〇六年台灣的閱報人口發現，平均每三人只有一人每天讀報，筆者每週在三家大學兼課現場直擊更發現：每位學生幾乎每天上網，從台北市中心的北教大到苗栗造橋鄉的育達，學生上網的趨勢不因城鄉差距而有所改變。報告繳交，更常見同學們用「關鍵詞」彼此重覆在網路上的「重點」。

如何小眾喧嘩

　　近來電視上出現化妝品，房地產廣告等都會在片尾加上「請上網用關鍵字搜詢：×××」，街頭上也習見雅虎入口網站不惜血本砸下重金，在流動的車廂上猛打關鍵字廣告，網路關鍵字的市場效益成熟在即，關鍵字其實是議題化的另一典型。商人藉由事件的關鍵字行銷產品，而事件本身即是議題。

　　商人將大眾區隔成分眾，鎖定特定的族群及愛好者。反映在文學的現象亦可做如是觀。「淡大粉紅妹與開南高職廁所愛愛」，「梁朝偉來真的」……這些文本的傳布都藉由「色戒」、「自拍」等關鍵字搜詢而來。

　　喧嘩的聲響常常來自議題，事件的行銷當然有其正反兩面，星光幫楊宗緯爆紅，其實也先得自網路部落格的小眾嘩然，最後在檯面上立體化，成為大眾關注之焦點所在。文學在這個時代原就是冷傳媒，縱然沒有充分有效的資源來強力抄作話題，但在這個後現代另類的書寫圈中亦有或大或小的時勢選題可供發揮。

　　二〇〇七年時報文學新詩獎磊兒因為作品被網友舉證懷疑抄襲，在文學創作者網站上引發軒然大波，正反意見交相攻訐，過度

熱心的網友也忍不住出面促使主辦單位積極了解及表態，得獎者也在自己部落格上自抒立場與懷抱……這些都是部落格時代的機制與現象……。

　　小眾喧嘩，卻滿注活力。

　　　　　＊原載文訊月刊二六六期，二〇〇七年十二月號。

現代詩與文學教育

——訪林亨泰

　　灰雲籠罩的午後，盆地的氣候格外陰濕。一如九〇年代純文藝市場的蕭條與低迷。而在大學之道的羅斯福路，一位達從彰化前來的詩人林亨泰，卻帶著滿臉陽光的笑意，風塵樸樸地來到我們的寫作小屋，就詩的相關問題進行探討。

　　語言是文學的素材，詩更是最精緻的語言藝術。然而現代詩卻因其意象的繁複與文字的壓縮，及「一小撮人」利用語言「自瀆」，造成習慣以散文語意思考的大多數讀者，在閱讀詩難以進入詩的堂奧，使詩和讀者間的距離越來越遠。

　　林亨泰先生從日文寫作，跨越到華語的創作，甚至到目前若干台語詩的表現方式，可說是體驗豐富，而語言最適切的操作方式是什麼樣的情形呢？林亨泰先生表示：

> 漢字是一種表意的文字，其字義相當濃密，不像英文是種表音文字，字義少干擾也少。通常我會儘量地減少這種字義，儘管不依賴它，讓每一個字變成存在，讓每一首詩的字與字、行與行都變作存在的關係，再讓這些存在互相交錯、激盪、牽制乃至抗衡，而產生了戲劇的效果，這是我寫詩的最基本的一個想法。

　　在文字自主的存在意蘊中尋求互動的關係，是身為文字工作者當應達成的標的。而當我們一味譴責文學漸被輕薄短小的消費性格取代的同時，國內的「文學教育」到底如何呢？

目前仍執教於中部多所大專院校的林亨泰先生，以教育家多年來的心得，語重心長地道出他的看法：

> 我覺得這邊文學教育非常不夠，只有國中、高中的教材中有些點綴式的詩作品。而我那個時代，雖是一個軍閥跋扈的時代，但是有副讀本，而且那時也沒有因軍閥而改變課本內容，所以還是可以接觸到比較好的作品，他們的政治宣傳是利用其他別的管道。

> 若以戰敗後最近日本的新課本來比較，台灣的就更差了。以我有限的資料來判斷，目前日本的文學教育並沒有政治的介入，課本完全是一種自主的編纂，教育家可以自己選定教材，所以他們的教科書編得很好；以小學來讀，版本很多，我看的那一套能不能代表全部我不清楚，不過他們每一冊有九課，一半是文學的教材，一半是語學的教林。所課教材，一年級開始有「民話」，高年級就有『小說』，這是從民話慢慢引導學生對小說的欣賞。而詩，則從比較簡單的童謠開始，一年級雖簡單，但也有翻譯的外國民謠。換句話說，他們小學的課本每課都附有作者姓名，並不是課本隨意杜撰的，而且收入的作品也都是被公認為好的作品，都是大家熟悉的日本名家作品。

> 日本學生從小學、中學到高中都可以有系統的接觸到現代詩或現代小說，而且接觸的層面很廣泛而不分派別。

> 高中，他們叫做高等學校，有一門課『日本文學史』，更把從小學到高校所接觸的作品理論化。他們有系統地予以分類，然後歸類出自然主義、象徵主義、普羅文學等等，其他

像『新感覺派』、『超現實』等文學用語也會出現，如果你要考大學，這種有系統的課程，我們這邊完全缺乏。

日本高校生的這一部『日本文學史』，一半以上就是屬於現代文學，屬於古典文學部分約占一半。幾乎每個成名的作家，不管什麼派別的都會被收入，甚至他們的照片、成名作品某一段或幾行會被摘錄在這文學史中。關於這點，我們這邊的學校幾乎沒有，所以差別很大。

藉由日本文學教育今昔的概況，我們深感自己的不足，而在感慨之餘如能深切反思，為今後的文學教育釐出一條長達的路途，更是你我殷切盼望的。

現代詩在華語體系的文學發展上不過七十多年，而林亨泰從事實際創作的時間約有半個世紀之久。從銀鈴會的日據時代，到五○年代的現代派，七○年代的鄉土文學勃興，林亨泰都以堅實誠懇的筆，實實在在描繪了大環境給予詩人的體悟。

關於現代派的成立，一般的評論者皆給予二極化的評價，而林亨泰則認為它最大的意義，就是一種「方法論」態度建立的宣告。「也就是說從寫什麼？到怎麼寫？是一種實驗精神的闡揚，證明並不是只依傳統就可以寫好詩。」

從怎麼寫到寫什麼，一直是文字工作者兢兢業業面對的課題，也就是說在五○年化，儘管當時的政治氛圍局限了作品的內容，但在形式上卻是解放的，具有長遠的啟示作用。而林亨泰先生更詳加闡明：

任何事情都有過與不及，所以有些作品在實驗上會有『過頭』的情形，我不說它是現代派的失敗，因為作為一個運動體而

言,擁有狂熱的信徒的運動,應是成功的。可見得現代主義在當時,有其繁衍性:如果說現代主義是一片田地的話,那麼它是相當肥沃的,很多人一掌握它,就可以繁殖很多作品。

本來台灣的文化層面是追隨大陸的,只有這一次反而超越且領先大陸。我們看大陸在朦朧詩出現之後,詩才有較好的品質;也就是說,台灣領先了二、三十年,現在說經濟領先大陸,其實在詩文學方面,我們的成就早在大陸之前。

我看一些鄉土文學論戰以後的詩,有很多仍採用現代派時期開拓的方法和技巧,如果擱置不用,彷彿顯得平淡無味;從表面上來看,當時的鄉土論戰好像很排斥現代主義,但實際上,仍是脫離不了關係的。

　　暗雲悄悄的圍籠過來,終將整座台北城都陷入夜色中了。總覺得還有很多話語想要進一步請教這位詩文學的大師。

　　一個人有多少十年呢?五十年的詩生活,一步一履都深刻格下時代的經驗與感觸。而詩人林亨泰先生以其縶實的創作和評論,建立了詩人和批評家的地位。他真摯地站在你我共有的這塊土地上,與群眾共同謳歌,共同開創出擲地有聲、音響鏗鏘的詩篇;同時,更以教育工作者的身分,懇切告訴我們:文學教育的重要。相信在不久的將來,我們必會看到,現代詩從文學貴族的位階走下來,走向群眾、走向土地,走向你我共通的情感。

　　　　　　　　　　　　＊原載:一九九三年二月旦分雙月刊

詩永不死
——訪林亨泰

面對大師
九〇年代市場趨向的消費觀念下
一片「文學死亡」的呼聲此起彼落
在長達半個世紀的詩文學志業裡
林亨泰先生以實際創作印證其紮實的理論
奠定了批評家與詩人的地位
且懇切告訴我們：只要一個詩人不放棄寫詩
詩永不死。

陳　謙（以下簡稱陳）

林亨泰（以下簡稱林）

陳：詩是語言最精緻的藝術，您從早期日文寫作，誇越到華語的創
　　作，且經歷銀鈴會及現代派，到目前落實本土的關懷態度，可
　　以說對語言有多樣的體認，現在想請您就有關語言的表現方式
　　來談，什麼樣的語言才是最適切的語言操作方法？

林：詩以文字寫出之後，「字義」就代替了「詩意」，尤其像漢字，
　　這種表意文字的字義非常濃密，如果像英文那種表音文字，字
　　義少干擾也比較少。通常我會儘量地減少這種字義，儘量不依
　　賴它，讓每一個字變成存在，讓每一首詩的字與字、行與行都
　　變成了存在與存在的關係，再讓這些存在互相交錯、激盪、牽

制乃至抗衡，而產生了戲劇性的效果，這是我寫詩最基本的一個想法。

陳：在你學習的過程當中，包括最初的日文創作，有哪些人事物，以及哪些書籍對您的影響最為深遠。

林：因為我接受的是日據時代的教育，當時課本，從小學、中學都有一些詩，尤其到了中學，正課本外，還有「副讀本」副讀本完全是文學作品；本來正讀本就已經有不少的文藝作品，再加上副讀本，使得我們接觸的文藝作品更為豐富，不過，剛接受學校文學教育時，還不很了解真正的文學到底是什麼，到了中學時，我喜歡到古書店去逛，這種書店的書因為便宜，且有許多不同於課本的文藝作品，令人愛不釋手，也因此慢慢會接觸到當時詩壇上或文壇上的各種文學運動，同時，也學會了如何去分析批判；那時在軍國主義的統治下，課本選的都是比較「正派」的詩，現在接觸到這類比較自由的、具有批判性的文藝作品，於是改變了我以後選書的要求，課本成為次要的，就此培養了自己選書的能力。

陳：剛剛林先生提到副讀本的問題，你覺得當前我們國內的中、小學校，在文學教育方面做得如何？

林：我覺得這邊文學教育非常不夠，只有國中、高中的教材中有些點綴式的詩作品。而我那個時代，雖是一個軍閥跋扈的時代，但是有副讀本，而且那時也沒有因軍閥而改變課本內容，所以還是可以接觸到比較好的作品，他們的政治宣傳是利用其他別的管道。

　　若以戰敗後最近日本的新課本來比較，台灣的就更差了。以我有限的資料來判斷，目前日本的文學教育並沒有政治介入，課本完全是一種自主的編纂，教育家可以自己選定教材，

所以他們的教科書編得很好；以小學課本來講，版本很多，我看的那一套能不能代表全部我不清楚，不過他們每一冊有九課，一半是文學的教材，一半是語學的教材。所謂文學教材，一年級開始有「民話」，高年級就有「小說」，這是從民話慢慢引導學生對小說的欣賞。而詩，則從比較簡單的童謠開始，一年級雖簡單，但也有翻譯的外國民謠。換句話說，他們小學的課本每課都附有作者姓名，並不是課本編者隨意杜撰的，而且收入的作品也都是被公認為好的作品，都是大家熟悉的日本名家的作品。

陳：也就是說它本身就是一個很自主的文學作品。

林：對，日本學生從小學、中學到高中的過程中，可以有系統的接觸到現代詩或現代小說，而且接觸的層面很廣泛而不分派別。

　　高中，他們叫做高等學校，有一門課「日本文學史」，更把從小學到高校所接觸的作品理論化。他們有系統地予以分門別類，然後歸類出自然主義、象徵主義、普羅文學等等，其他像「新感覺派」、「超現實」等文學用語也會出現，如果你要考大學，這些都要熟記，所以他們不但接觸實際作品，而且還把它理論化。這種有系統的課程，我們這邊完全缺乏。

　　日本高校生唸的這一部「日本文學史」，一半以上就是屬於現代文學，屬於古典文學部分約占一半。幾乎每個成名的作家，不管什麼派別的都會被收入，甚至他們的照片、成名作品某一段或幾行會被摘錄在這部文學史中。關於這一點，我們這邊的學校幾乎沒有，所以差別很大。

陳：現在談一些比較形式上的問題。我們知道您在五〇年代有二首「風景」的作品，那也是最被大家討論的作品，大家對它的評價一直有二極化的傾向，有些人肯定它的美學成就，有些人質

疑它到底有沒有具備成為詩的質素，能不能就這一點，請您提出比較自我的見解。

林：這完全要經過一個認識論的顛覆之後才能夠體會出來的，如果只以傳統修辭學的觀點去探討的話，當然，無法體會出真正的意義所在。這必須要經過一段很長的一連串顛覆過程才可以達到，我的「風景」跟繪畫的「風景畫」有密切的連貫。風景畫的產生是經過幾百年的演進才出現的。頭一次出現的是文藝復興運動時期達‧文西所畫的「蒙娜麗莎」，她的背景是一個純粹的風景。中古時代，風景只是人物畫的背景，若是神的畫面，比如耶穌基督，頭上一定有光，背景完全是用來襯托人物的偉大；但蒙娜麗莎的背景跟蒙娜麗莎這個人物並無關係，它本身就是一個純粹的、客觀的風景，它不是為了要襯托她而畫的，所以她被背景疏離了，她一方面壓抑著自己的內面，一方面被風景疏離，因此，她那「謎樣的微笑」才顯得印象深刻。不過，「蒙娜麗莎」只是作為背景的風景，風景本身純粹成為繪畫的對象，正式成為繪畫的題材，這必須等到十九世紀以後，「風景畫」才成為繪畫的主流。十九世紀出現的這種大自然的風景畫，跟中國的「山水畫」不同。山水畫在畫之前就有一個先入為主的人文觀念，風景畫則不同，它是把自然很客觀的呈現，這個需要「遠近法」的襯托才可以顯現出來，換句話說，它必須經過「遠近法」這番認識論，從根本的一個顛覆之後，始有純粹風景畫出現之可能。

　　文學方面更晚，我的風景畫必須等到二十世紀火車、汽車這類快速交通工具普及化之後才有出現的可能。我這兩首「風景」是在溪湖到二林的途中坐在巴士上完成的。我坐在車上，我從車窗眺望遠景，防風林一排一排，車快速的飛過，這種現

代交通工具的因素，會促進我們認識論的變化。不過，這並非是排列的，它朗誦起來非常好聽，有其音樂性，所謂音樂性是指順著時間前後而發展的。第一行唸完才有第二行，第二行才有第三行，它並不是一行、二行同時出現。如果是排列的，就是同時出現，我不是，我可以一行一行、一個字一個字，讓它慢慢呈現出來，所以它是有發展性乃至深度感的，現在問題在於看這二首「風景」詩時，有沒有經過前面所說的認識論顛覆，如果有，我那「風景」是一種「立體的存在」，如果沒有，便只能淪落為「平面圖案」罷了。裡面沒有形容詞像「多麼偉大」、「多麼美麗」……這一類的修飾。而「防風林」，它是一個存在，甚至於本來在修辭學裡面的「的」，只是要把二個「名詞」連接起來而已；但在我這兩首詩裡的「的」是有它的作用，「的」本身也是一個存在。防風林的／外邊／還有／防風林／的／外邊／還有……這裡「還有」並不是一般所說的還有，這裡的還有本身也是一個存在。我讓每一個存在都有它井然的秩序，每一個「防風林」跟「的」的互相關係，以及「的」跟「外邊」、「還有」都有存在的關係，讓這關係顯現出來，產生了戲劇效果。

以創作的時間來說，風景的兩首作品，是屬於現代派時期，然後才有「非情之歌」，然後才有現今以政治社會所結合的作品，然而其重視現實卻是一貫的。

在現代派之前，我已敏感地反映了整個大環境的流變；在推動現代派運動的時候，也將字義乃至裝飾意味減到最低限度，在「非情之歌」之後，我所創作的八首「爪痕集」，它也是從現實層面淬取而出的作品，盡量排除修辭上的字義是我一貫的作法。

陳：在您曾出版的詩集中，您覺得哪一本書您的語言掌握得最穩健、最成熟，能否提供我們參考。

林：事實上我的作品不過二百多首，將來出版時，我將把它歸類為四本書，分別是四〇、五〇、六〇年代及七〇～九〇年代各一本，每一本五十餘首作品。現在如果要將我的作品根據其語言特質推薦給讀者的話，端看其對詩的需求程度，或者學習環境的不同，可能有不同的情況。依我自己的觀念來說，我第一個階段寫的作品仍是較為拘謹的。我的第一本詩集是用日文完成的，我出版後寄放在親戚家裡，因搬家清理而全給燒毀，一本也沒剩，後來國外某大學圖書館來信說，他們收集我的作品，獨缺我的第一部詩集《靈魂の產聲》，結果無法寄給，後來在朋友處找到了一本。這是年輕時所寫的，應該也蠻適合年輕人看。此外，《爪痕集》這一本詩集，倒也適合未經認識論顛覆的讀者接受。

　　在我的想法裡，語言的表現方式愈白愈好，只求能以語言的「言外之意」來感動讀者。

陳：我們知道您曾經二度輟筆，不知道是什麼原因令您想停筆，又是什麼因素讓您披掛上陣，重新拾筆，繼續創作？

林：第一次是一九四九年銀鈴會遭到挫折；跑的跑，抓的抓，一九五〇年整個文學環境陷入低潮，當時因為國民黨政府流亡到台灣，興起了戰鬥文藝。一九五〇年我自師大畢業，回到北斗中學任教，本來寫作是一種興趣，可是遭到整個大環境的牽制之後，也就覺得沒有什麼趣味，不想寫了。後來因為某個機會，到彰化高工任教，一天又去逛書店時，看到紀弦編的《現代詩》季刊，裡面有一些法國主要的詩人及一些現代主義的詩人、文學家的作品，我忽然靈機一動，想提筆再寫，於是開始用筆名

「恒太」向《現代詩》季刊投稿，至此，才跟《現代詩》季刊的一些朋友接觸。

現代派未發動前，我寄了一首「怪詩」給紀弦，裡面我描述輪子轉轉轉轉，像翻筋斗一樣朝四個方向翻轉了四次。之後，又接到紀弦準備發動現代派運動的來函，於是，劃時代的現代派運動就這樣揭開了。

第二次停筆是在我編《笠》詩刊的時候，那時因為山崩，加上身體不適，跟病魔纏鬥了八、九年，這中間大概停頓了十年。有一次在《中國時報》看到關傑明發表對現代詩的批評，及後來的唐文標事件，進而掀起七〇年代的鄉土文學論戰，我當時覺得時代正要轉變，有一種壓抑不住的慾求，促使我再度提筆的衝動。

陳：我知道您也是銀鈴會的一員，想請教您日據時代的銀鈴會，對於那個時代具有什麼象徵意義？它最大的貢獻在哪裡？

林：我也曾寫過幾編關於銀鈴會的論介與撰述，但不知道為什麼，一些文學史論家，卻有意無意的忽略它，甚至幾次較大型的文學討論會中，都認為四〇年代的台灣文學是一片空白，這是錯誤的，除非你不認為詩就是一種文學。

我在二二八事件之後加入銀鈴會。我們在一九四八年復刊之後，出了五期；在意識型態上有所轉變，作品有愈來愈激烈的傾向，這是對現實世界的一種關注。記得當時有讀者投書，認為我們的文學作品怎麼盡表現黑暗面；從刊物可以看出一期比一期對於社會的批判，對於環境的關切，在成份上有愈益濃烈的氣象，那時可能跟整個大環境有關。所以，如果說整個四〇年代的文學是一片空白，這點我有相當大的意見。因此若要說銀鈴會的最大貢獻，就是讓四〇年代的文

學沒有空白；另一個意義就是建立一種批判的、反體制的台灣精神。

陳：五〇年代的現代主義，在目前的文學評價上，功過皆有，能不能就您個人的看法，陳述一下現代派對於我們現今詩體的改造，或內容上有什麼樣的影響？

林：我覺得它的最大意義，就是有一種方法論的態度。也就是說從寫什麼？到怎麼寫？是一種實驗精神的闡揚，證明並不是只依傳統就可以寫好詩。但是任何事情都有過與不及，所以有些作品在實驗上會有「過頭」的情形，我不說它是現代派的失敗，因為作為一個運動體而言，擁有狂熱的信徒的運動，應是成功的。可見得現代主義在當時，有其繁衍性；如果說現代主義是一片田地的話，那麼它是相當肥沃的，很多人一掌握它，就可以繁殖很多作品。

　　本來台灣的文化層面是追隨大陸的，只有這一次反而超越且領先大陸。我們看大陸在朦朧派出現之後，詩才有較好的品質；也就是說，台灣領先了二、三十年，現在說經濟領先大陸，其實在詩文學方面，我們的成就早在大陸之前。

　　我看一些鄉土文學論戰以後的詩，有很多仍採用現代派時期開拓的方法和技巧，如果擱置不用，彷彿顯得平淡無味；從表面上來看，當時的鄉土論戰好像很排斥現代主義，但實際上，仍是脫離不了關係的，我剛剛提到，現代派運動時期，有些作品的確「過了頭」，但那只是少數人的少數作品，不能以偏概全；所以鄉土論戰以後的那些詩人，他們雖不說，但實際上仍沿用了許多現代主義的方法及技巧，所以我覺得可以從寫什麼，正視到怎麼寫的問題，也就是在技巧上有某種程度的提昇作用，正是現代派對於今天每一個創作者最大的意義。

陳：我們知道林先生近來也從事台語詩的創作，現在我想請問一個
近來較為流行的話題，那就是有某些詩人主張，如果不使用台
語文字來創作，便不叫台灣文學？另外，您對於台語詩的創
作，在文字的使用方面，有什麼樣的意見？

林：現在我想針對一些語言與表現之間的問題作思考，也就是說，
「台灣文學」的語言條件到底是什麼？打個比方來說，你要寫
日本歷史，用華文撰寫，它還是日本歷史；但如果用華文來寫
詩或小詩，即使作品中有日本歷史或日本地名，它仍是屬中國
文學，所以同樣用華文寫歷史或文學作品時，就不一樣了；以
華文寫日本歷史，華文只不過是工具，但，文學作品中的語言
本身不能就其工具的性能來看，它應該有超越工具的立場。當
你特別要說台灣文學的時候，如果你說日文、華文或台文來寫
都是台灣文學的話，這變得非常的混淆；所以如果真正要說台
灣文學，當然以「台文」寫成的作品才可稱「台灣文學」。

　　但是什是「台文」呢？這是屬於政治的範疇，像瑞士有四
種國語，他們的作家只要使用其中的一種語言來創作，都屬瑞
士文學。如果台灣是一個國家的話，那麼使用日文、華文，乃
至於台文，也都屬於「國語」，也都屬於「台語」，這樣一來，
只要用它們來寫也都可以叫「台灣文學」。目前問題存在於政
治上的未確定論，也就是說「台語」到底是什麼呢？我們不能
一廂情願地、狹義地去加以界定。

　　談到文字的使用問題，我們可以看到，目前市面上出現很
多大字典，但是每一版本一個樣，各有不同的面貌，實在令人
無所適從。我覺得這花在研究的時間上太浪費了，不妨出一部
簡單的、通俗的，而且過一段時間可以經由大家討論而修改
的。文字使用方面，我覺得筆劃少、書寫起來方便，就是適當

的。你用考據的結果，找出它的本字，如果簡明易懂，倒也不錯，可是，繁複而難懂的話，那就有失科學意義了，在文學逐漸簡化的進程裡，這是退步的。我們甚至於也可以自己造字，過去我們依賴華文，有一種甩不開漢語的情結，我本來也想大量用台文來創作，但每每想到很多問題就很頭痛，所以現在還是推不動。

陳：最後我想請教一個問題，因為近來在詩壇上頻頻傳出詩的死亡、末路等等的警訊，能否請您就九〇年代以後詩的發展及遠景，說一下您個人的看法。

林：我在《中時晚報》曾發表一篇〈詩永不死〉，提到只要一個詩人不放棄寫詩，詩就不會滅亡。一百或二百年後，仍會有一些人會到舊書攤、圖書館去找某某人的資料，這一類蒐集家任何時代一直都是存在的，所以詩是不會滅亡的。

　　詩，是我一種「生理」上的慾求，依我自己的經驗，因幼小日本教育給我徹底的文學教育的關係，文學變成我本身的一部分，丟不掉。不管是醫師、教師、工程師，或商人也好，當他工作完畢，休息時間要做什麼？這時，聽聽音樂，欣賞一幅畫或讀一首詩也不錯。所以人本身不只心理上，連生理上都會有這種慾求。現在問題就在學校有沒有結予適當的教育，培養欣賞現代詩、現代文學的能力。一般人因為不了解現代詩，所以不會去接觸，若了解，他自然就不會排斥，這和欣賞畢卡索的畫一樣，如果學校有適當的教導，人們就不會覺得他的畫很奇怪了。現在社會人士因為不懂現代藝術，所以才會往感官刺激求滿足，這是因為學校教育並沒有好好培養現代藝術讀者的緣故，藝術教育是非常重要的。

林亨泰先生簡歷——

台灣彰化人，一九二四年生。師範大學教育系畢業。曾任中學教師廿五年，現於東海大學、台中商專等校教授日文。

一九四七年加入銀鈴會，一九五六年參與現代派運動，發表前衛性作品，主張詩的現代化，對當時的詩壇影響頗大。笠詩社發起人之一，並擔任首任主編。

早期作品極富實驗精神，可說是當時現代派的理論指導者，他的詩透過知性與內在音樂性的追求，使台灣的現代詩呈現一種新的面貌。

著有詩集《靈魂の產聲》、《長的咽喉》、《林亨泰詩集》、《爪痕集》、《跨不過的歷史》；詩論《現代詩的基本精神》。

＊原載：一九九三年二月十五日
　　台灣文藝一三五（新十五）期

群樹的呼吸

──訪白家華

　　沿著山路蜿蜒而上，兩岸是蒼翠而流動的綠，在抵達桃園縣楓樹村之前，我不禁將機車的速度放慢了下來，對於一個經年累月在城市打轉奔忙的筆者而言，呼吸清新的空氣，讓鳥聲伴隨蟬鳴的協律，進而詠唱出令人舒爽的樂章，彷彿只有報紙那不實而誇張的廣告文案才有此般的境界。

　　青年詩人白家華，為近二年崛起的新銳作家，其作品以詩為主，兼及小說、散文的創作。出生於一九六三年，在學院中曾以企業管理為主要修習課程，至於加入文學創作的行列，據他自己的說法，是「順乎本性」而已。

　　「我是一個對環境較為敏感的人，再加上與生俱來對萬事萬物的同情心，使我很自然地，想用筆來抒寫生活，以文學的形式做為一種記錄的方式。」

　　一個理想主義者，當他面對這個詭詐與複雜的大環境，常是現實上最大的輸家，而詩人生性的敏感，當他思及自己的期望與實際無法劃下等號的同時，其時的況味無非是苦澀的。但在生活實踐的過程中，如能從而提煉出對生命的反思與觀察，更是文學藝術至真至善的層界。

　　「我第一篇發表的作品是《樹》，寫的是三代間親子的情誼，我比喻小時候，我是一顆果實，在親人呵護下長大，可是有一天，我也掉了下來，長成另一棵樹，隨著成長帶來的體驗更多，就是慢慢發覺在風雨中，要挺直腰桿，其實也是充滿艱難的，而後我也發

現我的下一代，也在我身上生長，因而我也要負荷他們的重量。那時我才警覺到自己應該長成一棵堅強且正直的樹，才能承載飽含醉辛的生活，也讓日後的落葉歸根。」

文藝思潮展現在九〇年代，已逐漸在自己土地生根而發芽，四十年來的歷史事實告訴我們，再也無法忽視一己存在的這片土壤了。就連一向視「台灣文學」為地方文學的官方文藝機構，近二年來也紛紛頒獎贈予本土作家，以示其對本土的重新認識和肯定；在民間團體方面，「台灣文學觀察雜誌」、「台灣詩學季刊」等刊物，亦可視為認同取向上的極大轉變。因為在七〇年代，公開以「台灣」為圖騰的，是要接受情治單位嚴密監控的。

而白家華以一個「貴州人」的籍貫背景，卻能在出發的頃刻，即以島嶼環境的現實為軸心，而不呢喃於飄渺的三川五嶽，追逐不切實際的鄉愁，實屬可貴。

在他所推崇的前輩詩人當中，以洛夫先生的作品他最為欣賞，因為他感覺在不同的階段裡，洛夫先生作品皆有所轉變，而不拘泥於一定的格局。而白家華的寫作方式，一直也以「題材導向」為準則，反映出各種形式暨內容上美學的觀照。

詩人四年來文學上的追索，由於心態上趨近完美主義的迫切，毅然投注了過多的意志與心力，讓精神上有所透支，曾有一段時間，罹患了學名上所謂「憂抑症」，但也因為本身的自覺與毅力，在短短數月間，詩人又將自己全然地抽離出來，在入乎其中與出乎其外之間，詩人儼然穿越了雙重的阻隔，自得地出入其中，無疑對生命有更深一層的省思。

靜下心來

我就能聽見

群樹的呼吸

新鮮的氧

從他們木質的體內釋出

不要煩躁

婉拒憂慮

我就能感受

一陣陣的涼意

就能體驗

它們體內生生不息的運動

節錄自白家華《群樹的呼吸》

「宗教有其局限，而大自然是沒有格局的。我曾用二三年的時間用哲學來思索生命。但思索本身並不會有答案，只有用感覺去領受自然，你才會發現自己。」

以「愛」為原點，向周遭延伸自己觀察的觸角，由親情的抒寫開始，轉而對普遍人性的關懷，對社會現實的批判，近來則是趨於自然為本體的取向。我們有理由相信，詩人白家華已在繁複的詞章字海中理出一條清明的路向，因為「新鮮的氧／來自它們本質的體內／去參與風的流動／無形地來／無形地去／只有鬆弛的肌膚／能感受它們的蹤跡」。

如果我們承認文學有其淨化性靈的功用，白家華無疑已將成果具體地展現在你我眼前，而接下來的，便是期待這棵不斷茁長的小樹，能釋放出更多的氧，帶給我們更清淨、更健康的空氣。

＊原載：一九九三年八月旦兮雙月刊

尋根向東方，追尋若曦風
——訪陳若曦

認識陳若曦以前，最令我感到訝異的，是陳女史豐富且具傳奇色彩的履歷。

兩岸三地近半世紀的輾轉漂流，陳女史體驗了文化中國下各種截然不同的生活方式，包括台灣、大陸、香港、美華等地環境的衝擊。

浪漫憧憬的一九六〇，以《現代文學》為舞台，舞出撼人心弦的篇章

一九六〇年《現代文學》的創刊，無疑打破當時官方一言堂式反共戰鬥文藝之霸權壟斷，且承接一九五六年夏濟安《文學雜誌》所揭示獨立思考微弱的薪火，或許也間接刺激了一九六四年本土性質濃厚之《台灣文藝》的興辦。

而陳若曦從《文學雜誌》的初步，到以《現代文學》為主要舞台，舞出許多反映現狀，撼人心弦的篇章，大致上來說，陳若曦以寫實主義為主軸，呈現出對完善社會的憧憬，其間的不滿，亦時時在筆下流露。

葉石濤先生曾如此評論陳若曦的作品：「陳若曦初期的十多篇短篇小說如〈最後夜戰〉、〈收魂〉、〈婦人桃花〉等都具有豐富的鄉土色彩。有時用心理的、民俗的、或意識流的觀點來處理小說的情節，皆有獨樹一幟的表現：其藝術成就之高，使後來者黯然失色。在七〇年代鄉土文學論戰中出現的洪醒夫的傑作〈散戲〉，其原型

可以在〈最後夜戲〉裡找到。甚至進入八十年代以後的李昂的傑作〈殺夫〉，那小說中氣氛的醞釀手法，小說節奏的快速和情節有機性地前後呼應，描寫人性的深度，在〈婦人桃花〉裡都早已形成了。」

可見在為藝術而藝術，抑或是為人生而藝術的兩極範疇對峙下，陳若曦無疑取得了均衡點，更為日後寬廣的文學工程奠下厚實的基礎。

反省思索的一九七〇，出身工農家庭，較能接受社會主義的浸染

「首先，有民族主義的成分，即對『社會主義祖國』的一種嚮往，由於我出身工農家庭，就非常容易接受社會主義的浸染。再來就是對當時國民黨政權的一種反動，正如毛澤東說過的：敵人反對的我們就要擁護。比如說二二八的時候我還不到十歲，但印象深刻，親眼看到鄰居只因說了台灣話就被打得頭破血流。還記得有一位大學同學歐阿港，暑期軍訓時讀書報告可能措詞不當，竟被情治單位約談，後來到畢業為止，都沒有人再看到他的出現。我們現在回憶這段政治高壓時期，可以名之『白色恐怖』，但那時候的恐怖是沒有顏色的、無所不在的。」

一九六六年，陳若曦進入中國大陸，至少可以整理歸納出以上的幾點動機。而巧遇「文革」的浩劫，對人性和文化摧折殆盡，使得陳若曦對其政權的合理性大失所望。

一九七三年抵達香港，開始將思考落實於字裡行間，發表至今影響層面仍至為深遠的〈尹縣長〉，藉以影射封建餘孽在新社會所遭毀滅的命運，從而彰顯時代悲劇的張力。

眾裡尋他的一九八〇，從「落葉歸根」的追求，到「落地生根」的認同

　　生命旅程二度極大的轉變，使陳若曦再度問著自己，該「落葉歸根」還是「落地生根」。

　　「美國的早期華人移民以勞工為主，主要來自大陸；但八十年代已被來自台灣的企業家、科學家等眾多專業人士所取代，他們在各個領域都出類拔萃。我覺得新一代移民應該在所處的國家裡生根發展，並爭取自己的政治地位，行有餘力也才有辦法來回饋原來的家園。」

　　從「落葉歸根」的追求，「到落地生根」的認同，陳若曦在政治的三角地帶中，終於尋求到一己安身立命之所在，在八〇年代，是有如此的趨勢。而其小說〈路口〉似乎也正是面臨選擇題時，令其徬徨卻又堅定的抉擇。

無限可能的一九九〇，她的作品，著眼在人群以及土地的悲喜⋯⋯

　　「對共產主義失望，並不代表對中華文化或中國失望。」陳女史曾提出以「農村包圍市」的觀點：「十年文革浩劫幾乎革掉了中華文化的精華，然而『禮失而求諸野』，亞洲四小龍中不就有三小龍是華人嗎？只要大陸有缺口，華人就有機會進去，不管觀光還是講學做生意，都有可能影響他們的。」

　　言談中不斷提及的，是對台灣的愛，畢竟台灣終究是她生長茁壯的根苗，她希望有機會回台灣服務，她必會欣然而歸，她的人走到那裡小說就到那裡，小說是離不開自己身處環境的。

　　台灣婦運暨女性主義的抬頭，顯示長期以來，幾乎有一半的人口受到不平和壓抑，陳若曦九〇年代以降小說的創作和發展並不似之前那般積極，而是有意轉嫁在另一個更為實際且有影響力的戰場。

　　寫實主義者的成熟期，似乎總感覺到文學的無力感。像王拓、楊青矗等七〇年代風起雲湧的作家，都幾次參與民意代表的大選，表達其從政的意念。杭之。陳芳明、黃武忠等人，更是各政黨文宣部的要角。

　　我們期待一個文學至真至善至美的時代，同時更冀望一個政治清明健朗的時代。文學家永遠是忠誠的反對者，雖說忠言總是逆耳，但匡亂扶正似乎是文學工作者不變的信條。

　　面對一位親身經歷如此豐富的前輩作家，我的文字總有幾分嚴肅的敬意，但望不致成為讀者在認識上的障礙才好。

　　十年看山是山不是山又只是山，從台灣出發，終究是要回到原點的土地上。陳若曦的人與作品，一如實實在在的台灣人格形，不做浮華的虛誇，不做偽善的道德包裝，有的只是著眼於人群以及土地的悲喜，在文化中國的前提下，陳若曦以己身的力量，來扛負整個時代賦予她的考驗，而不論台灣經驗、大陸經驗、香港經驗、還是美華經驗，「家園」是她追尋的範圍，她只是認真地寫出人與土地的共同感情，也是全球華人共同的情感。

　　家園，永遠是我們的最初，以及最後。

讀陳謙訪問稿的印象

文：陳若曦

　　和陳謙結束訪談後，甚感抱歉，因為和他談得太多太雜了。既有台灣人的悲情、投奔社會主義中國的幻滅、美華經驗和香港經驗，又談到婚姻子女，甚至子女的婚姻，台灣婦運和總統直選……，難為他怎麼篩選呢？及至讀到訪問稿，發現他圍繞著家庭的追尋，竟一揮而就，瀟灑極了，佩服！

　　向來對家的概念很單純，自己和家人或親友所在地便是家了。我自己到處跑，倒也能隨遇而安，陳謙卻概括為「漂泊」，想想也不無道理。這幾年總想著台灣，不就是想家嗎？什麼樣的家庭都是可愛並且令人留戀的，詩人觀察力之敏銳誠然無懈可擊。

　　＊原載：一九九五年七月九日時報周刊九〇六期

讓想像飛出牢籠

——訪羅任玲

　　氣象報告才說這是個沒有低溫感覺的冬季，大寒流便不甘示弱地奔赴本島，想是趕在耶誕之前，為大伙捎來些許年節的氣息吧。

　　城市的午后，我依約並提前十分鐘來到報社的會客室，偌大的落地窗，抬頭可以看見天空在梯狀高樓分割下，成為一小片令人感傷的灰藍……「好像要落雨囉！」大廈管理員指著窗外感慨說著。街頭人群神色匆忙，陌生又貼近的距離啊，車輛喇叭無可奈何堵塞著，毫不客氣的，是駕駛人猛拍方向盤的喇叭聲……

　　「一朵雲飄過來遮住他的臉」這讓我想起羅任玲詩中的句子，每一張城市的臉龐，似乎總有太多陰霾的意象了。

　　八德路一條小小巷子，有一方清淨的隱盧，健忘的我早忘了該店名，但老板娘親切的招迎最是令人倍覺熟悉，看到我們今天的主角羅小姐那樣隨興地與她寒喧，就知道是這兒的常客。忙碌都會的一角，這般貼近人心的咖啡小店，是足以讓心輕輕放下的。

　　冰咖啡上層厚厚的奶油，在銀湯匙輕輕攪拌下，遂溶入灰濁的色澤裡。詩人置身於現實環境中，多數時候和多數人一樣，都必須為了生活的追尋而奔波，像栓緊的螺絲必須承受都市這部龐大機器的振動和重量。不論自己從事的工作，是否和興趣有關。而羅任玲可說是幸運地找到同自己心志契合的編採工作，透過文字工作的整理和敘述，多少從別人經驗中汲取養分，做為一己成長的輔助要件。

「我的作品反映我所思考所感動的人事物。如果有人認為我的作品與時代使命等等相關連，那是讀者賦與它的另一層功用吧。」

在羅任玲詩作內容上，童話故事無疑成為她面對自我成長辯證的痕跡。孩提的她，對於「從此就過著幸福快樂的生活」之絕對論即抱持著懷疑，而隨著心智成熟與在現實生活裡的種種思考，使她一再顛覆著世俗與自我的價值判斷。

「詩，也許是一種抗爭，對於小小的自己，對於全世界。我一直試著在做……」像〈我在果菜市場遇見白雪公主〉而白雪公主卻「忙著和一隻青蘋果討價還價。」白雪公主說「那只是童話。／不過……我確實演過白雪公主的。」而在〈我堅持行過黑森林〉裡，我們更可以看到「螻蟻急速竄離骨架／毫無脂肪／兩具擁抱的枯骨／彷若遺忘」「王子公主死於不確定的年代，……生前陽光燦爛……」彷彿宣告童話在成人世界裡，已被彼此詭詐的心計攻訐而幻滅。其表達方式許是悲觀的，但其寓意卻足令你我反省。

「詩是文學的踏腳石，把詩寫好，似乎沒有其他文體是寫不好的。我覺得詩像飛翔，散文是泛舟，小說如登山，詩在本質上是抽樣的，而小說是切入實際，較完整的呈現。」

詩的創造與生活的創意對羅任玲來說是劃上等號的，她喜歡在忙碌的工作時間裡偶一抽身，避開呱噪的人群，讓自己成一名觀察者，給予文字生動的氣力，她也嗜好長途旅行，藉以開拓視野，印證大地賦予生命的感情。

如果整個台北盆地是個無形的牢籠，那麼文學無疑像是飛鳥，一舉翅，可以鳥瞰城市人的哀愁。但往往又像風箏一樣，不管飛多遠，飄多高，終究是要回到共生的塵市。

而不論居處環境究竟為何，做為一個人，任誰也無法免去俗世的羈絆。在相互牽繫的人際象限裡，有悲有喜有淚水或是歡笑，

這些都可以乘著想像的翅膀，從文字裡得到一種淨化後的清朗，
因為——

> 夢會載著想望飛行
> 掙掙越過藍色寰宇
> 星系皓首結盟的地方
> 我靜靜等待
>
> 總有什麼誓約吧
> 會擊破黑暗
> 靜靜地我要等
> 光華昇騰化為
> 永晝
> **羅任玲詩《哈囉，黑暗》節錄**

＊原載：一九九四年二月雙旦雙分月刊

我所認識的□□□
——序顏艾琳吳鈞堯散文集《跟你同一國》

　　認識艾琳以來，過多的因素促使我當她是個哥兒們般看待，除了不曾意氣風發時勾肩搭背，悲傷時相擁哭泣，幾幾乎乎我都忘了她真實的性別。

　　直到某一天，好友鄧秋彥慌忙而語帶驚異地來電告之：「艾琳要結婚了。」我才恍然大悟，啊，艾琳原來是個不折不扣的大女生呢？

　　其實我和鄧君更關心的，是分擔這份神聖婚姻的鈞堯兄，我們都知道，鈞堯一本「先天下之憂而樂」的悲壯精神，做出了史上如此莊嚴而感人落淚的抉擇，他以行動拯救了每位適婚年齡的男性同胞，真該全體國民聯名簽署給他一座十大傑出青年獎，並在首都台北市仁愛路圓環，立一座銅像，請敬愛的阿扁市長，題上「義行可風」四字的了。

　　說起鈞堯為人，剛直耿介，中正不阿，走路時目不斜視（辣妹例外），公共場所放屁時必定舉手答「有」，這種絕頂稀有的遠生代人類，一旦落入艾琳這位「用密碼說話的丫頭」手上，豈不是羊入虎口？

　　一瞬間天佈愁雲，貓嘶犬啼、蒼蠅倒飛，烏龜傾斜四十五度單足疾走。噢，這些意象飄浮在我和鄧秋彥的腦海中，時時揮之不去，直到公元某某年的某一天，鈞堯掩不住語調中的欣悅：我生了……我生了……哇哈——

　　「真有點媽媽的樣子啊！」我打從心底很專注地欣賞，艾琳懷抱著寶貝兒子滿足的神情。

我想待會兒，我會打電話告訴遠在台南的鄧君：

「你知道嗎？艾琳演得真像一個慈母呢？」

鈞堯和艾琳要出書了。一個跳探戈，一個迪斯可，真不知畫面是如何搖擺法？

但終究都在盡己演出自我吧！真實而豐富的發散出他們的舞韻。

*原載：一九九八年八月探索出版社《跟你同一國》

他舔著你的傷口，安慰你的靈魂
——序范俊逸散文集《樂來樂感動》

如果你在午夜，因為難免低落的心情煩囂著，也許你會聽見一個聲音，是那麼不修邊幅而真誠地，說著一些令你熱淚盈眶的心情，那就是了，就是范俊逸。范俊逸的廣播節目「真情午夜場」。

在認識范俊逸之前，我先認識了于台煙。不是認得于台煙本人，而是于台煙細緻而感性的深情，娓娓道出「想你的夜」……

想你的夜	想你的夜	如此纏綿
想你的夜	想你的夜	如此愛憐
想你的夜	想你的夜	萬千纏綿
想你的夜	無限愛戀……	

當范俊逸的這首歌曲讓于台煙唱紅大街小巷的同時，我正為生命裡第一次情感的挫傷而一蹶不振，我那時心想：我完蛋了，失去她，不就失去了世界……。

一個十七歲的大男生，聯考落榜，身處在待役和失業的縫隙中，又遇上感情的抉擇，夜夜黯自神傷。直到有一天，在街頭遇上了于台煙的歌聲才稍稍撫平了傷痛。當然，那時我並不知道范俊逸是何許人？

退伍之後，公餘擔任耕莘暑期寫作班輔導員，在淡水聖本篤一個夏夜的晚風裡，不遠處有人拿著吉他對著萬頭鑽洞的學員調音，一次又一次的努力想撥弄出最合宜的效果。阿礑老師走過來低聲說著：范俊逸，就是「想你的夜」的詞曲作者啦。

　　我像是一個虔誠的信徒般，引領而望這位在我青春時光，曾意外安慰了我不安靈魂的歌手，范俊逸。現在我稱他俊逸兄，常常手機會在另一端出現一陣激越的高音，通常都是他「突然間」寫好一首歌或一首詩，也許是短短的散文，也「突然間」一時興起止不住內心的激動，想把這分感動傳染給他人。偶爾，我也會在惺忪的睡眼中掛上電話，細細回想方才俊逸的言語，卻怎麼也記不清他講了些什麼，只得在半夜兩點多鐘順道「洗手」，然後窩回溫暖的被窩。

　　談音樂、談文學、談寫作的方向。我一直很害怕搭上俊逸的車。在咖啡館我們可以侃侃而談，范俊逸神情的專注，真不失為藝術學院戲劇系的科班出身。但在車上他也很盡責的談論著，臉部表情豐富，手舞足蹈配合著說詞的內容，並不時轉過頭來專注地看著你——「以示尊重」。

　　這時你會看到，一輛乳白色的轎車不閃方向燈，由內線車道切入外線車道，機車騎士的白眼，左右側的喇叭聲，全讓駕駛座右側的乘客享用，范俊逸全然不知，不時吐露一句：嗳，真愛死了泰戈爾，心情都給他遇見了。而我則不時提醒他：右轉、剎車，快啦、開快點……。

　　所以當你下次在台北街頭，發現一輛乳白色的轎車突然間放慢了速度，彷彿蝸牛爬行在高速公路，請不要自費力氣猛按喇叭了，因為他聽不到。也請看他又在蘊釀一首偉大的詞曲或感人的散文而疼惜他吧，俊逸的熱情是帶著一股傻勁的。

　　我們何其幸運呢？這個三十出頭一點點的大孩子，正以他獨特的才情介入人世的悲喜。在這個悲喜的世界裡，范俊逸的笑、范俊逸的哀愁是那麼樸實而真誠。從前我並不是怎麼相信文如其人這句陳腔濫調，直到有一天在聯合報繽紛版裡讀到「不再淚灑天堂」，而後愈來愈感動地連續了一年，讀完他每週五的專欄文字。

　　父母是上天給予的，朋友卻是自己選擇的，當然損友也是。我仍然樂意在半夜裡讓他的電話吵醒我，讓我「先聽為快」，（也許我是第一個聽到他曠世鉅作的幸運聽眾呢！），只是下次搭俊逸的便車，我會先去投保意外險，頭戴安全帽，最好跟「李麥克」商借霹靂車，好讓我在緊急時能及時彈出，好讓我繼續期待他心血來潮半夜裡的作品發表。

　　認識范俊逸，真是「福氣啦！」，你說是不是？

　　　＊原載：二〇〇〇年十月華文網出版《樂來樂感動》

島外的島
——吳鈞堯素描

一個疑問款款逃進來
另一具冷漠凝固整座空氣

14→13→……7654321……B2……
好無力的高度
好石膏的數字

原來竟堆積了那麼高
我丟開眼睛
鋸掉自己的肩

◎丁未〈電梯生涯〉，入選七十七年詩選，爾雅版

這是一位小說家寫的詩。

將近二十年後來看，比一般所謂詩人寫的詩甚至要好。

你可能不知道寫小說的吳鈞堯，最早在文壇露臉的，是因為他寫詩，還排除意識型態的編選考量外，以作品藝術的真執，入選年度詩選呢。

一九八幾年呢，都快忘記了。是參與薪火詩社的活動罷，高大黝黑的吳鈞堯在席間盤腿坐著，相對於艾琳的小小聒噪，他顯得十分沈默。

天生坐不住的艾琳會像穿花蝴蝶般，翩翩於寫詩的朋友之間，或嬉鬧或打鬥或大聲頌詩，我想在大多數的詩人朋友眼中，那時艾

琳的性別是中性，男生當她是哥們，女生當她是姊妹，只有鈞堯慧眼獨具，直接穿透艾琳故佈的疑陣，一眼判斷出她真實的性別。

若干年後，艾琳步上紅毯囉！對象是座談會上「匈匈吃三碗公半」的鈞堯。鈞堯在大學學的是管理，這回果真策略得宜，將外部威脅轉化為自己的機會，當艾琳以哥們的態度對鈞堯大吐苦水時，他深知自己優勢所在，以耐心和愛心來化解她逐漸不設防的心，進一步令我們這群朋友感到不可思議的，就是把艾琳變成一個不折不扣的女人，甚至媽媽，還有了可愛的小雨小朋友，這是我們想像力不及鈞堯的地方。

鈞堯是我認識的第二位金門人，之前認識一位開書店李先生，右腳行動不如一般人協調與靈活，李先生在他還是國中生時，因撿拾彈片換取零用金而誤觸地雷。這是我對來自戰地金門人最早的印象。直到見到吳鈞堯，一開始還因為他那臉部深刻的輪廓而誤以他是混血兒。認識他後鈞堯默默寫了一二年新詩罷，最後都投注於小說創作了。有長達二到三年的時間，他還成了所謂專業作家，大小報刊上常出現他名姓的符號，或本名或筆名。文字到了他手上像麥可喬登的籃球一樣，神奇之中總有令人驚呼的準確意象。這該歸功於他的文學初旅，對詩的認識罷。

長年作為一位出版編輯的我，有時在面對鈞堯略為嚴肅作品的同時，常墜入其意象的繁複中。讀他的作品沒有一點對文學的認識及修養怕是不行的。

時常我會拿起話筒又放下，我站在一般讀者及編輯守門員間不停搖擺。最後還是令其作品保持原貌，不改初衷，那時心底總會響起，他曾在早期作品中出現過的一段對話：

> 有人常問我，為什麼不寫一些好讀的作品……我只想說：當我在深夜寫這些小說的時候——對不起，你不在我身邊。

是的，如果你聽過鈞堯爽朗的「長笑」，有一點像周星馳國語配音中特異的聲音，一定印象深刻。只是大多時候，鈞堯都是沈默的。

鈞堯的沈默，或說沈穩，多年來始終如一，這也使得他像不會吵就沒糖吃的小孩，雖說少了一些媒介傳播的關注或文學大老關愛的眼神，但也因為如此，使得他更致力於自己的創作，和工作上的編務，這會不會又是他的另一種策略呢？

十二歲從金門來到台北，一家人大包小包的經過台北車站附近的地下道，聽說鍋碗瓢盆都帶齊了，只有故鄉的相思樹還留在金門。金門這個相對於台灣島之外的島嶼，成了鈞堯流浪旅程的原鄉。

民國六十七年，台美斷交後不久，廣播電視更是每日在街頭巷尾傳唱著：

> 從民國六十六年起，每個人更要努力，
> 雖然身處國難裡，還是要讓外人看得起……

這首劉家昌寫的歌，想必鈞堯印象深刻罷。

「每個人更要努力……要讓外人看得起……」

多年之後，鈞堯如常地穿越台北站前的地下道，前往重慶南路的辦公大樓。再不是衣衫襤褸的小小孩，而是衣著整齊的雜誌社主編，在人來人往的縫隙中，他還會時常看見，那個逃難似的小小孩嗎？如果遇見他，他該對小孩說什麼話？

民國八十七年，鈞堯終於回到金門，卻再也找不到他的相思樹。

這一年，鈞堯二十九歲。

*原載：二○○四年九月，金門文藝第二期。

繁花與盛果

——華成版「當代散文家」編輯前言

從創作者到編輯人，從生產的角色到文字的加工者，十多年來，提供「什麼樣貌的作品來感動自己，進而感動他人。」一直深深困擾著我，卻也是支持著我不斷學習的初衷。

我深信文學，特別是作為一切文類基礎的散文書寫，一直在尋覓一種與讀者親近而深沉的對話。如果說詩是跳舞，散文是走路，小說是慢跑，戲劇是短跑。我們不可能忽略，多數時候，我們需要的仍是悉心觀賞周遭的景致，用一種散步的寬裕的心情，來接納不斷湧現的天光雲影。

散文，其實是生命裡最澄淨的觀照，是生活中最繁複的風景。透過作家筆下誠摯而又真切的文字，譜寫出人民與土地共同的感情。也由於這股對生命對家園的熱力，那些呈顯在你我眼前的篇章，進而豐饒而壯闊了。

〈當代散文家〉系列的編選，將是一套持續性的計畫。我們並不高蹈經典的旗幟，不在文字上譁眾取寵，不媚俗於學院叢林的偏頗，我們只想呈現當代散文的諸多風貌。在編目上，不論舊作或新創，我們始終相信文學有其穿透時空永恆的真摯性，除了篩選掉一些為事而作，置於今日不合時宜的篇章外，我們讓各自的花結各自的果，邀請你進入散文的大花園，共赴一場繁花與盛果的饗宴。

作者注：華成版當代散文家系列，係由陳謙企畫，二〇〇二年九月開始出版，計有林文義、阿盛、吳晟、向陽、陳銘磻、林彧、王定國、廖鴻基、曾陽晴、苦苓、張啟疆等十一家。（一版書系名單原有吳念真、路寒袖因故退出）

邊地發聲

——華成「當代散文家」出版緣起

「台灣文學」自二次鄉土文學論戰之降，唯已逐步受到重視，但一二十年的發展看來，「台灣文學」仍常常是文化當局聊備一格，放在嘴邊說說，或糾集各縣市文化局，用出版品將其劃入「保護區」的特種文類。

二○○二年，台灣文學出版似乎欣欣向榮，百花齊放。一方、二魚、印刻、木馬等出版社傾巢而出，而舊有的聯合文學也因為新人新政，大有改革的意圖。但這些出版社多數延續所謂「三三集刊」或「現代主義」抑或是大陸傷痕文學末期作家的餘緒，多數作家如王安憶、莫言、楊照、朱天心等密集地在這些出版社相繼出現，回鍋炒作，不禁要讓有認識的讀者問起：台灣是不是沒有文學作家了？

是的，華成出版，有鑑於長期以來，台灣作家受到所謂主流媒體及文化當局刻意的漠視，將有系統重整台灣文學中散文的光譜，以最細緻的編輯理念和包裝設計，重建台灣精神的形塑，重現土地與人民共通的感情。

這一切的再造過程有賴於當代散文家現有的十三位作家的鼎力相挺，特別是華成機構創辦人郭麗群總裁，及總經理熊芸的支持，沒有他們，台灣文學或說是台灣的散文家，將持續被各種傲慢的媒體或文化霸權，續繼忽略著，讀者也將難以認識，真正的台灣文學，真正的台灣散文家。

＊註：本文為二○○二年十一月華成版
當代散文家發表會大會新聞稿文字

附錄

陳謙作品相關評論、書介索引

〔1〕 陳千武〈本土愛的情懷——序陳謙詩集山雨欲來〉
一九九二年二月二十五日，台灣文藝雙月刊
一九九二年五月二十六日，自立晚報本土副刊
一九九二年五月，收入陳謙詩集《山雨欲來》（前衛出版社）

〔2〕 吳明興〈苦澀的悲願……陳謙詩集山雨欲來贅言〉
一九九二年二月二十五日，臺灣時報台時副刊
一九九二年五月，收入陳謙詩集《山雨欲來》（前衛出版社）

〔3〕 黃恆秋〈陳謙詩集山雨欲來述評〉
一九九二年五月，收入陳謙詩集《山雨欲來》（前衛出版社）
一九九二年十二月十五日，台灣文藝雙月刊

〔4〕 林秀梅記錄〈山雨欲來詩集作品合評〉
一九九三年二月十五日，台灣文藝雙月刊
一九九四年三月，收入陳謙詩集《灰藍記》（桃園縣立文化中心）

〔5〕 顏艾琳〈世紀末的台灣圖騰——淺談陳謙〉
一九九四年四月一日，文訊雜誌

〔6〕 顏艾琳〈擺盪在新世紀舊情懷的秋千人——陳謙，後台灣時代的紀錄者〉
一九九五年十一月四日，台灣時報台時副刊
一九九五年十一月十五日，收入陳謙詩集《台北盆地》（鴻泰出版社）

〔7〕 白靈〈露水止不住地飄墜——談陳謙兩首詩及其他〉
一九九五年十一月十五日，收入陳謙詩集《台北盆地》（鴻泰出版社）

〔8〕 莫渝〈溫情與高歌——讀陳謙的詩〉
一九九五年十一月十五日，收入陳謙詩集《台北盆地》（鴻泰出版社）
一九九六年四月一日，台灣新聞報西子灣副刊

〔9〕吳明興〈發現一本好書──讀台北盆地〉

一九九六年二月一日，泰國中華日報文學版

一九九六年三月八日，菲律賓商報精粹版

一九九六年四月五日，文學台灣雜誌

〔10〕白靈〈陳謙作品──懺，賞析〉

一九九六年四月十五日，耕莘青年寫作會旦兮雙月刊

〔11〕莫渝〈孤獨的十六行詩〉

一九九六年五月七日，國語日報少年版

二〇〇四年八月三日，台灣公論報第八版（增訂）

〔12〕葉紅〈用心望著如此年輕的他〉

一九九七年十一月，收入陳謙散文集《滿街是寂寞的朋友》（歡喜文化）

二〇〇一年一月，收入葉紅（慕容華）編採集《慕容絮語》（河童）

〔13〕林秀梅〈閱讀的自主性追求〉

一九九七年十一月，收入陳謙短篇小說集《燃燒的蝴蝶》（河童）

〔14〕謝輝煌〈先有瓶子再裝水──陳謙《我的名字叫台生》讀後〉

一九九八年五月二十九日，金門日報浯江副刊

〔15〕莫渝〈古劍──賞析〉

一九九九年六月十五日，笠詩刊二一一期

二〇〇四年五月二十五日，台灣公論報第八版（增訂）

〔16〕張國治〈島的漫遊〉

二〇〇〇年二月二十六至二十九日，台灣時報副刊

二〇〇〇年十二月，收入陳謙詩集《島》（台北縣文化局）

〔17〕陳玉玲、李進文、方群、吳長耀、白家華〈我的父親是火車司機〉作品合評

二〇〇〇年二月十五日，笠詩刊二一五期

二〇〇〇年十二月，收入陳謙詩集《島》（台北縣文化局）

〔18〕葉紅〈薛西佛斯的圍城〉

二〇〇〇年十二月，收入陳謙詩集《島》（台北縣文化局）

〔19〕徐貴美〈素樸色彩中映現真實人生──作家陳謙〉

二〇〇一年二月十五日，華文網網路書店「作家特寫」，http://www.book4u.com.tw/author/author20.asp

二〇〇一年十二月，幼獅文藝五七六期

〔20〕凌明玉〈追憶逝水年華的所在〉

二〇〇三年三月十七日上網，明日新聞台：夜之漂流，http://mypaper.
pchome.com.tw/news/angel0705/

二〇〇三年五月，收入陳謙散文集《戀戀角板山》（城邦：紅樹林）

〔21〕謝鴻文〈戀戀角板山〉

二〇〇三年九月一日，文化桃園第三十期

〔22〕吳德亮〈投入故鄉懷抱的旅遊文學〉

二〇〇四年九月，收入陳謙散文集《水岸桃花源》（愛書人雜誌）

〔23〕黃作炎〈追憶年華歲月〉

二〇〇四年九月，收入陳謙散文集《水岸桃花源》（愛書人雜誌）

〔24〕黃秋芳〈陳謙的詩與策略〉

二〇〇五年三月，《文訊》月刊二三三期「藝文史記」專欄

〔25〕楊翠〈追尋進行式──評《給台灣小孩》〉

二〇〇九年八月，收入陳謙詩集《給台灣小孩》（彰化縣文化局）P8

〔26〕顧蕙倩〈撫岸輕輕，你多繭的手──讀《給台灣小孩》〉

二〇〇九年八月，收入陳謙詩集《給台灣小孩》（彰化縣文化局）
P10-11

（備註：1. 機關所長應酬式序文或推薦，不在收錄行列。

2. 以專論為收入原則，散論若有餘力另行整理。

3. 原評論人若有專書出版，則資訊確認後即行增補。）

陳謙文學年表

前言：

　　人的「初旅」總是最值得回味，它像是一種焦躁和不安浮上喉頭，最初以為是苦，今日想來卻是甘甜。雖是最澀，往往最值得記憶。

　　我在簡歷之書寫上，將文類首次之發表記錄列出，以紀念各種文字形式的初次展現。兼及簡要思考方向上的轉折，文化活動的初旅。再者為著作出版之紀錄，生活暨職業上的變遷。

　　希望藉由簡歷的概括性描述，能使自己有所依尋與惕勵。作品年表的寫作儘管看法不一，但如只是藉由文字記錄個人成長梗概，該不會有人反對才是。

一九六八	元月二十一日出生於桃園縣復興鄉澤仁村。祖籍彰化縣田尾鄉。
一九七〇	遷居於台北縣樹林鎮三興里（迴龍地區）。
一九八五	於台北教師會館工讀，受青年詩人吳明興啟蒙，嘗試文學創作。
一九八六	二月，發表首篇散文〈寒流來襲時〉於北市現代青年月刊。
	四月，受涂靜怡女士鼓勵，發表首篇新詩〈不再回首〉於秋水詩刊。
一九八七	六月，復興商工補校美術工藝科繪畫組畢業。

一九八八（二十歲）	八月，應王志堃邀請加盟新陸現代詩社。同仁有張國治、徐望雲、紀小樣、楊平等。
	十一月，服役前夕訪作家黃恆秋，啟發對本土的認識和關懷。
一九八九	十一月，發表首篇短篇小說〈歸〉於自由時報副刊。

一九九〇	五月，發表首篇文學評論〈戀我土地歌我生命〉於民眾日報副刊。
一九九一	二月，詩作〈如果有人問起〉等六首，獲吳濁流文學獎新詩正獎。
	五月，詩作〈天安門，一九八九〉獲青年日報文學獎新詩第貳名。
	六月，膺選為一九九一（民國八十年）年新詩協會全國優秀青年詩人
	七月，空軍儀隊退伍。入前衛出版社任職，專事圖書發行業務暨書訊行銷企畫。
	八月，長詩〈世界將與你共同成長〉獲鹽分地帶新詩二獎，首獎從缺。
	十二月，認同本土精神，經李魁賢、白萩先生介紹，加入笠詩社，並於一九九二年二月號笠詩刊，正式登錄會籍。
一九九二	五月，出版處女詩集《山雨欲來》，由陳千武、吳明興先生作序，收錄一九八九至一九九一作品五十首，書末有黃恆秋述評，前衛出版社出版。
	七月，新詩〈腳印〉首次選入海外華文選集。（《一九九二青春詩曆》：中國湖南文藝出版社）。
	八月，台語詩〈生活〉獲鹽份地帶新詩佳作。

一九九三（二十五歲）	元月，耕莘寫作會編劇班結業，指導老師黃英雄。加入耕莘青年寫作會。
	二月，首次擔任營隊指導老師，於台灣筆會在陽明山嶺頭山莊主辦之第一屆台灣文藝營。

	七月,轉任沈氏藝術印刷公司擔任印刷業務專員。兼任耕莘青年寫作會理事。
	九月,首篇台語詩〈間芒花〉經譜曲收入洪瑞珍台灣歌謠集「心悶」。
一九九四	三月,詩作〈醉漢〉首次入選年度文學選集。(前衛版:《一九九三台灣文學選》)。
	五月,第二本詩集《灰藍記》,由桃園縣立文化中心出版,收錄一九八七至一九九二尚未結集之作品五十首。
一九九五	十一月,第三部詩集《台北盆地》出版,有吳明興、莫渝、白靈、顏艾琳、鄧秋彥五人序,收錄一九九二至一九九五作品四十二篇。鴻泰圖書出版,文建會專案獎助。
	十二月,首次演講,於耕莘青年寫作會,講題:「詩的情懷與創作」。
一九九六	二月,文訊月刊「文學新生代推薦名單」獲李魁賢、彭瑞金、鄭春鴻等人撰文推薦。
	九月,兼任河童出版社文學館主編。專事雅正文學出版品出版。
一九九七	一月,小孩陳紹瑋出生。開始注意兒童文學之發展並嘗試創作。
	六月,四海工專夜間部土木工程科畢業。
	七月,與葉紅聯合主編河童出版社創業作《卡片情詩選》出版。
	八月,第四部詩集《台北的憂鬱》,收錄一九九六年創作三十三篇,簡榮泰攝影,河童出版社出版。兼任笠詩社《笠詩刊》編輯委員。
	九月,兼任國立台北師範學院北青社(校刊寫作社)指導老師。
	十月,首次擔任大型文學活動評審,「一九九七全國大專院校暨高中職校現代詩朗誦比賽」決審,於桃園縣武陵高中。

	十一月,第一本散文集《滿街是寂寞的朋友》,收錄一九九一至一九九六創作四十八篇,歡熹文化出版社出版,有葉紅序。
	十一月,第一本短篇小說集《燃燒的蝴蝶》,收錄一九九一至一九九七創作十四篇,有自序,林秀梅跋。河童出版社出版。

一九九八 (三十歲)	創作陷入停頓的一年,全年僅發表新詩四篇,無任何其他文類創作。
	離開服務長達五年三個月的沈氏印刷,前往秋雨圖書物流擔任連鎖書店行銷專員。
一九九九	元月,脫離固態的上下班工作,專事文字創作。兼事傳播公司編劇。
	二月,同詩人白家華成立「彩虹兒童文學工作室」,開始涉獵兒童文學暨教育範疇。協助才藝班企劃兒童創意作文與生活營隊。擔任耕莘寫作會第二屆兒童冬令營班主任。台北市政府新聞處主辦,飛碟電台協辦之「台北閱讀記憶」專題,詩集《台北的憂鬱》,獲選台北書單推薦好書。
	四月,新詩〈台中車站〉獲八十八年台灣文化節「台灣文學望鄉路」(台中風華)現代詩獎評審獎。新詩〈我的父親是火車司機〉獲台中縣立文化中心「文藝季」短文徵選詩歌組佳作。
	七月,重回職場。任博揚文化事業有限公司企劃主編,規劃「真情台灣」、「台灣閱覽室」叢書。
	八月,兼任時報週刊特約編輯,專事標題寫作及校潤。
	九月,膺選為耕莘青年寫作會八十八年度傑出會員。
	十月,兼任耕莘青年寫作會《旦兮》雜誌主編。
	十一月,新詩〈島〉,獲第二屆台灣省文學獎新詩組佳作。

	十二月，新詩〈遺忘一九九九〉，獲八十九年度青溪文藝金環獎新詩組銅環獎。
二〇〇〇	元月，兼任新台灣週刊特約編輯。
	七月，轉任華文網線上出版集團出版部經理兼總編輯。書籍出版以人文、流行、生活為主要選題，並嘗試網路之整合行銷。
	八月，兼任漢聲電台范俊逸主持「真情午夜場」，〈閱讀飛行〉單元說書人。
	十月，次子陳品潄出生。開始〈給台灣小孩〉系列新詩創作。
	十一月，兼任河童出版社總編輯。
	十二月，第五部詩集《島》，由台北縣文化局出版。收錄一九九九年三、四月間專業寫作時期之創作四十三篇。附錄收有張國治、葉紅讀介，與陳玉玲、方群、白家華、李進文、吳長耀五人對〈我的父親是火車司機〉作品合評。
二〇〇一	七月，首篇外譯文字，短篇小說〈遠方〉經 Taiwan News 英譯，發表於該報台灣文學版。
	十月，兼任新絲路網路書店暨華文網線上出版集團企畫行銷經理。
二〇〇二	一月，轉任華成圖書股份有限公司經理兼總編輯。規畫出版：台灣「當代散文家」系列。
	四月，開始網路文學活動，於 PC home 開辦「陳謙文學報報」電子報：http://mychannel.pchome.com.tw/channels/a/d/ad1968/
	六月，考取南華大學出版管理研究所碩士在職專班〈九十一級〉。委託洪淑苓、須文蔚教授寫推薦信。成立個人新聞台：http://mypaper.pchome.com.tw/news/0121/「黑眼睛」，內容為新詩創作、讀者交流。

	七月，企畫統籌之《流氓教授》漫畫版「華文網出版，仇朋欽漫畫林建隆原著」，獲國立編譯館優良連環圖書評選第四名。
	九月，新版《台北盆地》由慧明文化出版公司出版。加入新版自序，餘未變更。
	十月，轉任擎翰集團鷹漢文化企業股份有限公司經理兼總編輯。開始著眼於全球華文出版相關事務。出版流行文化與人文，管理、資訊相關選題。 成立個人新聞台：http://mypaper.pchome.com.tw/news/polo2002/「幸福觀測站」，展示散文與小品。

二〇〇三 （三十五歲）	五月，第二本散文集《戀戀角板山》，由城邦集團紅樹林文化出版，收錄本年三至四月間密集寫作之旅行文學計三十篇，書序由復興鄉　長林誠榮及小說家凌明玉為文推薦。
	六月，散文集《戀戀角板山》，獲桃園縣文化局「一書一桃園」活動……入圍推薦好書。
	七月，發表首篇學術會議論文〈詩的真實──黃恒秋華語詩綜論〉於苗栗縣文化局第一屆文學研討會：「野地繁花」。
	十一月，志趣所在的河童出版社（兼職），結束營運。歷時七年二個月。
二〇〇四	五月，發表首篇期刊論文〈詩的自由──讀鴻鴻的詩〉，於幼獅文藝六〇五期。
	九月，第三本散文集《水岸桃花源》，由愛書人雜誌社出版，收錄本年五至六月間密集寫作之報導文學計四十七篇，由作家吳德亮、黃作炎作序，總統陳水扁、文化總會秘書長履彊，以及桃園縣長朱立倫、桃園縣文化局局長謝小韞為文推薦。

	十二月，論文《解嚴後詩刊選題策略之研究》通過碩士資格檢定，取得南華大學出版事業管理研究所碩士（MBA）學位，指導教授陳俊榮（孟樊）、應立志。口試委員：須文蔚、黃漢清博士。
二〇〇五	一月，調任 e-Benk 聯鑫光電品牌經理（擎翰集團）。
	三月，首次主辦學術研討會。統籌耕莘文教基金會慶祝寫作會 40 週年「文學社團發展與社會」學術研討會。兼任耕莘文學叢刊主編。
	七月，轉任漢湘幼福出版機構專案經理。
	八月，開始於大專院校之教學生涯，兼任育達商業技術學院休閒事業管理系講師（開設科目：旅遊文學）。
	十一月，取得教育部大專講師證照。送審學校：育達商業技術學院。
二〇〇六	六月，考取佛光大學文學研究所博士班（九十五級）。漢湘出版專任職務結束，致力於博士班學業。
	十二月，新詩〈天使之城〉，獲第九屆台北文學獎佳作。
二〇〇七	二月，兼任國立台北教育大學語創系、南亞技術學院講師。

二〇〇八 （四十歲）	二月，兼任龍華科技大學講師。
	九月，新詩〈給台灣小孩〉，獲第十屆礦溪文學獎新詩獎。
二〇〇九	八月，第六部詩集《給台灣小孩》，彰化縣文化局出版。收錄二〇〇二至二〇〇九年之創作一百一十首，有楊翠評介，顧蕙倩序。
	九月，受喻肇青教授提攜，擔任中原大學景觀學系專案教師，是進入學術界的第一份專職工作。

二〇一〇	一月，論文《台灣現代詩的政治書寫》通過口試資格檢定，取得佛光大學文學系博士學位，指導教授：陳鵬翔（陳慧樺）。口試委員：李瑞騰、陳昭瑛、潘美月、陳煒舜。
	二月，國立台北教育大學、育達商業科技大學改聘為助理教授。

國家圖書館出版品預行編目

詩的真實：台灣現代詩與文學散論 / 陳謙　著.
-- 一版. -- 臺北市：秀威資訊科技, 2010
06
　　面；　　公分. -- (語言文學類 ; PG0369)
BOD 版
含索引
ISBN 978-986-221-455-8(平裝)

1. 台灣文學　2. 文學評論　3. 文集

863.07　　　　　　　　　　　　　　　99006541

語言文學類　　PG0369

詩的真實
——台灣現代詩與文學散論

作　　者 / 陳　謙
發 行 人 / 宋政坤
執行編輯 / 胡珮蘭
圖文排版 / 陳宛鈴
封面設計 / 陳佩蓉
數位轉譯 / 徐真玉　沈裕閔
圖書銷售 / 林怡君
法律顧問 / 毛國樑　律師
印製經銷 / 秀威資訊科技股份有限公司
　　　　　台北市內湖區瑞光路 583 巷 25 號 1 樓
　　　　　電話：02-2657-9211　　　傳真：02-2657-9106
　　　　　E-mail：service@showwe.com.tw
經 銷 商 / 紅螞蟻圖書有限公司
　　　　　台北市內湖區舊宗路二段 121 巷 28、32 號 4 樓
　　　　　電話：02-2795-3656　　　傳真：02-2795-4100
　　　　　http://www.e-redant.com

2010 年 6 月 BOD 一版
定價：220 元

讀　者　回　函　卡

感謝您購買本書，為提升服務品質，煩請填寫以下問卷，收到您的寶貴意見後，我們會仔細收藏記錄並回贈紀念品，謝謝！

1.您購買的書名：＿＿＿＿＿＿＿＿＿＿＿＿＿＿＿＿＿＿

2.您從何得知本書的消息？

　　□網路書店　　□部落格　　□資料庫搜尋　　□書訊　　□電子報　　□書店

　　□平面媒體　　□ 朋友推薦　　□網站推薦　□其他＿＿＿＿＿＿

3.您對本書的評價：(請填代號　1.非常滿意 2.滿意 3.尚可 4.再改進)

　　封面設計＿＿　　版面編排＿＿　　內容＿＿　　文/譯筆＿＿　　價格＿＿

4.讀完書後您覺得：

　　□很有收獲　　□有收獲　　□收獲不多　　□沒收獲

5.您會推薦本書給朋友嗎？

　　□會　　□不會，為什麼？＿＿＿＿＿＿＿＿＿＿＿＿＿＿＿＿＿＿＿

6.其他寶貴的意見：＿＿＿＿＿＿＿＿＿＿＿＿＿＿＿＿＿＿＿＿＿＿

＿＿＿＿＿＿＿＿＿＿＿＿＿＿＿＿＿＿＿＿＿＿＿＿＿＿＿＿＿＿＿＿

＿＿＿＿＿＿＿＿＿＿＿＿＿＿＿＿＿＿＿＿＿＿＿＿＿＿＿＿＿＿＿＿

＿＿＿＿＿＿＿＿＿＿＿＿＿＿＿＿＿＿＿＿＿＿＿＿＿＿＿＿＿＿＿＿

讀者基本資料

姓名：＿＿＿＿＿＿＿＿＿＿　　年齡：＿＿＿＿　　性別：□女 □男

聯絡電話：＿＿＿＿＿＿＿＿＿　E-mail：＿＿＿＿＿＿＿＿＿＿＿＿

地址：＿＿＿＿＿＿＿＿＿＿＿＿＿＿＿＿＿＿＿＿＿＿＿＿＿＿＿＿＿

學歷：□高中(含)以下　　□高中　　□專科學校　　□大學

　　　□研究所(含)以上 □其他＿＿＿＿＿＿＿＿

職業：□製造業 □金融業 □資訊業 □軍警 □傳播業 □自由業

　　　□服務業 □公務員 □教職　□學生 □其他＿＿＿＿＿＿

To：114

台北市內湖區瑞光路 583 巷 25 號 1 樓

秀威資訊科技股份有限公司　　　收

寄件人姓名：

寄件人地址：□□□

(請沿線對摺寄回,謝謝!)

秀威與 BOD

BOD（Books On Demand）是數位出版的大趨勢，秀威資訊率先運用 POD 數位印刷設備來生產書籍，並提供作者全程數位出版服務，致使書籍產銷零庫存，知識傳承不絕版，目前已開闢以下書系：

一、BOD 學術著作—專業論述的閱讀延伸
二、BOD 個人著作—分享生命的心路歷程
三、BOD 旅遊著作—個人深度旅遊文學創作
四、BOD 大陸學者—大陸專業學者學術出版
五、POD 獨家經銷—數位產製的代發行書籍

BOD 秀威網路書店：www.showwe.com.tw
政府出版品網路書店：www.govbooks.com.tw

永不絕版的故事・自己寫・永不休止的音符・自己唱